Le Doute

DU MÊME AUTEUR

Les Faux, roman, Plume, 1992.
La Meilleure Amie de Margot Cameron, roman, Calmann-Lévy, 1994.
Anacoluthe, roman, Calmann-Lévy, 1999.
Soho, roman, NiL, 2001.
Rich Girls, roman, Victoires éditions, 2002.
Amoureux & Vendus, roman, Fayard, 2003.
Recherche hermaphrodites clonés, étrangers s'abstenir, théâtre, Léo Scheer, 2004.
Le Rire de Pékin, roman, Fayard, 2009.
Une littérature sans écrivains, essai, Léo Scheer, 2012.
Perdre le nord, roman, Héloïse d'Ormesson, 2016.
L'Inconnue de la Factory, roman, Hérodios, 2020.

Basile Panurgias

Le Doute

Robert Laffont

Ouvrage publié dans la collection « Confessions », sous la direction de Thibault de Montaigu

ISBN : 978-2-221-26076-0
Dépôt légal : septembre 2022
Éditions Robert Laffont – 92, avenue de France, 75013 Paris

À la mémoire de Johanna Ekström (1970-2022)

C'est un beau moment, que celui où se met en mouvement un assaut contre l'ordre du monde. Dans son commencement presque imperceptible, on sait déjà que, très bientôt, et quoi qu'il arrive, rien ne sera plus pareil à ce qui a été.

Guy Debord

1.

Doutes

«Je préfère qu'on s'installe à l'intérieur, si ça ne t'embête pas. Des journalistes suédois me cherchent à travers tout Paris.»

Il fait beau pourtant sur la minuscule terrasse de la Caféothèque, les rayons du soleil jouent avec le feuillage des platanes du quai de l'Hôtel-de-Ville. En face, l'île Saint-Louis, où nous habitons Jean-Claude et moi, à cinquante mètres l'un de l'autre. C'est un cocon ici, un peu en marge de l'agitation citadine. Normalement, tu habites rue du Cherche-Midi, mais il n'y a plus de normalité dans ta vie depuis quelques jours. On ne peut pas vraiment dire non plus que tu as quitté ton domicile, puisque l'appartement de la rue du Cherche-Midi ne t'appartenait pas, même si tu scotchais ton nom sur les mots «Académie suédoise» de l'interphone durant tes longs séjours parisiens. Mais dès que tu as eu vent d'une enquête de journalistes, un couple d'amis t'a accueilli de ce côté de la Seine.

Je sais que tu me caches des choses, et je l'attribue au mystère que tu aimes cultiver. Dans le fond, je ne suis pas inquiet pour toi, le manque de logique et de cohérence de la plupart de mes amis ne les a jamais empêchés de retomber sur leurs pieds ; comme toi, je vis dans un pays scandinave à mi-temps et je constate que l'ordre ne mène pas toujours à la félicité. La mienne, je la puise dans les histoires que l'on me raconte, le charbon de mes livres, donc je t'écoute d'une oreille alerte.

« Tu sais, les femmes suédoises, elles sont doubles. Parfois elles ont des perversions que j'aime beaucoup, et parfois elles ont vraiment un truc contre les hommes... » Tu portes la tasse de Chitul Tirol à tes lèvres, dans un long silence, peut-être pour m'encourager à parler d'un autre sujet.

Il s'agit donc de ta vie amoureuse. Comme toute semi-célébrité, tu dois faire attention à chacun de tes actes car, dans ce domaine, les réseaux sociaux n'épargnent que les invisibles ou les grandes stars qui savent rendre les coups. Quelques mois avant cet automne 2017, une femme qui témoignait contre un agresseur sexuel était encore naturellement soupçonnée de le faire avec une arrière-pensée, souvent vénale, ou dans un fantasme de célébrité victimaire. Mais le monde change à toute vitesse.

À voix basse, tu racontes tes inquiétudes. La bombe Harvey Weinstein a explosé, une bombe à fragmentation qui ne laisse aucun pays, aucun milieu artistique, à l'abri. Et tel que tu me le racontes, calmement, tu es en passe de devenir l'exemple suédois. Comme pour Weinstein, un faisceau de rumeurs cumulées sur plusieurs décennies semble tout à coup révéler que ton amour des femmes cache des pulsions prédatrices. Tu es désormais la cible idéale, le Raspoutine du royaume de Suède corrompu où le roi Carl XVI Gustaf a lui-même eu l'oreille tirée pour des relations extraconjugales, dix ans plus tôt. Autant dire il y a un siècle, tant les relations hommes-femmes ont été questionnées depuis.

« Tu me connais quand même assez pour savoir que je suis doux. Jamais je ne ferais de mal à une femme. »

J'opine de la tête. Mais comme un nouveau silence s'installe, je te demande : « De quoi s'agit-il, précisément ? »

Tu me parles de cette femme qui a fait courir le bruit que tu aurais essayé de la violer. Par vengeance. « En plus, elle aime les femmes. Et puis, même si… jamais je n'aurais voulu d'elle. » Ces phrases, on les accepte encore à cette époque. Je suis rassuré, tu es victime de la chasse aux sorcières. Oui, la victime, c'est toi. Je te dissocie complètement des psychopathes du sexe, comme Harvey Weinstein, dont un assistant piquait la verge au Viagra liquide avant chaque battue, et de Dominique Strauss-Kahn, un spécimen à part, lui aussi. C'est ce que je me dis alors. Instinctivement, bien sûr. À tort peut-être. Mais bon, je ne suis certainement pas devant un prédateur de leur calibre en ce bel après-midi d'automne. Comme dans la BD *Tintin*, mon petit Milou diabolique me souffle à l'oreille : « Qu'en sais-tu, Basile… ? » Je l'efface aussitôt de mon esprit, l'amitié est inconditionnelle pour moi.

« Oui, Jean-Claude. On est dans une époque de malades quand même…

— Les Suédois… regarde avec Assange. Tu sais pourquoi ils l'ont accusé ? »

Je le sais. Oubli de capote. Un truc de fou. Comme toute personne sensée, je devine la pression américaine pour faire condamner le lanceur d'alerte. Les deux filles qui ont partagé son lit se sont récusées. Le cauchemar. Ça valait peut-être quelques semaines à l'ombre, pour la forme, et encore.

« Tu sais que les Suédois, ils détestent Assange. »

Je suis surpris mais, étant marié à une Danoise, je ne peux qu'être complice quand il s'agit de chambrer les Suédois. Aux yeux des Français, les Scandinaves forment un tout assez homogène, mais le féminisme est réputé bien plus militant en Suède que chez ses voisins. Les Danois se moquent souvent des « excès » d'outre-Øresund : les crèches où on emploie le genre neutre *Hen* pour désigner les enfants afin de les « dégenrer », l'accusation de viol *a priori* en l'absence de consentement explicite avant tout acte sexuel… Ces histoires m'amusent sans jamais m'affecter, moi qui suis loin de mon île, dans cette « oasis de solitude au milieu de Paris, que le fleuve, en l'entourage de ses deux bras, semble défendre contre les empiétements de la civilisation », comme l'écrit si bien Théophile Gautier.

Tu as donc mon attention amicale, c'est probablement pour cette raison que tu m'appelles de plus en plus souvent ces derniers temps.

Afin de rendre cette conversation plus neutre, nous échangeons quelques phrases sur le café, le vin, le plat du jour du restaurant où nous comptons prolonger ce moment de fraternité.

Oui, je choisis de te soutenir contre des rumeurs malveillantes et infondées. J'ignore que tu as déjà été mis en cause à la fin des années 1990, quand un quotidien suédois t'avait accusé quasi nommément d'agression sexuelle. Tout était rentré rapidement dans l'ordre. Mais tu avais dû gérer ce stress, et surtout tu avais mis au point ta défense dès lors. Depuis, tu anticipes les attaques et sais être persuasif, ajuster ton masque de bon garçon. Toi qui as voulu être reconnu comme un artiste, tu es l'acteur de ta vie rêvée, et ton plus grand talent est d'avoir convaincu l'opinion que Jean-Claude Arnault est un homme à l'écoute des femmes, lesquelles sont parfois ingrates – moi, en tout cas, tu m'en as convaincu.

2.

Drague

C'était avant toi, Jean-Claude. Avant J.-C., suis-je tenté d'écrire. Avant que l'on soit jugés, scrutés, toisés, encensés, admirés, rejetés pour des actes que l'on commettait depuis des millénaires. Draguer. Le mot a varié dans l'histoire, mais l'acte qu'il décrit est très singulier, quand on y pense.

Tout garçon « normal » était initié, avant d'atteindre l'âge adulte, à sa part animale qui consistait à trouver la femelle avec laquelle procréer. On disait que c'était dans nos gènes, et personne ne le contestait. Évidemment, en matière de féminisme, l'homme occidental se sentait bien supérieur aux couples arrangés du tiers-monde, forme rétrograde de l'amour qui allait de pair avec une aliénation volontaire.

Pourtant, pendant les vacances scolaires, quand j'allais en vacances chez mes amis du lycée Henri-IV, je savais qu'ils étaient tous issus de longues lignées françaises, tous bourgeois, tous propriétaires de belles demeures familiales où l'on ne prônait guère la diversité. Je comprends très bien que l'on emploie aujourd'hui à leur sujet la litote aux sonorités mafieuses de «*familia grande*», j'accepte tout à fait la réalité de cette endogamie, d'autant plus que j'en ai été le témoin, à la lisière.

Dans *Gare Saint-Lazare*, Betty Duhamel, fille d'un écrivain célèbre des années 1950, raconte sa liaison avec le futur romancier Patrick Modiano, qui lui est présenté en toute confiance par leur mère respective. Les deux jeunes gens acceptent l'entremise maternelle comme un moyen de rencontre. Leur complicité est immédiate car ils parlent «la même langue». Et leur terrain de jeu se limite exclusivement à la rive gauche parisienne, le jardin du Luxembourg et le 15, quai de Conti, où habitent les Modiano.

À l'époque, pour les petits gars comme moi qui refusaient l'aide de parents entremetteurs, il restait la vraie démocratie, celle de la drague de rue, sans a priori, sans bagage social ni culturel. La tchatche était notre blason unique, elle seule permettait d'accrocher un regard, d'offrir un café et parfois de se lancer dans un début d'histoire.

Quand j'emploie le mot «rue», c'est bien sûr la rue recomposée, les discothèques, les terrasses de cafés, et même les transports en commun.

Mais ma vraie «rue» de la drague, c'est celle des îles grecques. Au cœur de l'été, en début de soirée, on s'y met, pas trop tard pour éviter la concurrence, pas trop tôt non plus pour éviter que la lumière éclatante du Sud ne révèle trop clairement ses intentions. Dans une rue tout en rondeurs sensuelles de l'île de Mykonos, dans les villages plus minéraux d'Hydra ou de Simi, ou sur une place de la *chora* de Patmos, la drague de vacances était une initiation essentielle pour le jeune homme sans tuteur que j'étais, et personne ne pensait à me surveiller.

Les îles me réconfortent dans leurs limites, elles me protègent et m'aident même à me concentrer quand j'écris. D'ailleurs je tape ce texte sur l'île du Zélande, au Danemark, où je me suis installé. En Grèce, tous les cinq, six ans, je change d'île de vacances, car, revers de la médaille, l'insularité peut s'avérer dangereuse pour ceux qui se frottent aux îliens. Parlant grec et n'hésitant pas à dire ce que je pense, je me fais facilement des ennemis.

De quinze à dix-neuf ans, je passais toujours au moins un mois d'été à Mykonos. Je débarquais seul et me créais un royaume qui s'effondrait à mon départ, comme les festivaliers du Burning Man dans le désert du Nevada créent une ville *ex nihilo* pour faire tout disparaître à la fin de l'événement. Le thème de mon festival à moi, c'était l'insouciance.

Un élément essentiel du séjour, bien sûr, était ces amours de vacances, qui s'évaporaient parfois quand les numéros de téléphone griffonnés dans la complicité du beau moment unique partagé s'égaraient au petit matin. À l'époque, pas d'amours de vacances à préserver à coups de SMS et de *smileys* afin de réchauffer la relation à feu doux. Il fallait produire un effort, aller vers l'autre, avoir la connaissance des langues étrangères : armés de ces quelques atouts, rien ne nous retenait d'aborder une fille inconnue.

L'insularité facilite aussi la prédation – il s'agit bien de cela –, car le terrain est bien délimité dans l'espace et le temps du séjour. Un peu comme les forêts de chasse réduites artificiellement pour contenir la fuite du gibier. À la fin des années 1980, Mykonos comporte un autre avantage : c'est un haut lieu de la culture gay masculine, ce qui signifie moins d'hétéros pour beaucoup de filles. Je l'écris de manière comptable et un peu naïve parce que c'est alors la manière de penser des adolescents dont je suis.

Quand je débarque du bateau, des femmes en fichu habillées de noir crient : «*Roumia, roumia*», le mot anglais *room* mis au pluriel grec et, en dix minutes, je négocie une couche dans le village. Dès la fin de l'après-midi, je suis lâché seul, sans identité visible, dans une faune hétéroclite d'Anglo-Saxons branchés, d'homos émancipés, et de personnages qui ont abandonné une vie bourgeoise pour vendre des colifichets ou leurs talents de masseurs. Dans les méandres de la ville aux maisons chaulées, avant d'arriver au Caprice Bar, dans une crique ravissante appelée la «Petite Venise», se trouve un autre établissement moins snob, plus porté sur la bière que les cocktails : le Skandinavian Bar. Ce nom devrait faire fuir les Nordiques en quête d'exotisme, pourtant ils viennent en nombre – surtout « elles » en fait –, et les dragueurs de tous horizons sont au rendez-vous. On dit que la plupart des peuples ont vraiment compris leur appartenance à une nation à l'avènement de la presse, mais le tourisme a renforcé cette identité. Le jeu de la séduction « à l'aveugle » commence toujours par « *Where do you come from?* » et, au fil des rencontres, les garçons font référence aux filles non par leur prénom, mais par leur nationalité, « On voit les Italiennes d'hier ? » ou « Tu crois que les Américaines vont repasser à la plage ? ».

La drague de rue peut être cruelle parce qu'elle est démocratique. Sans l'entremise de la famille qui met en avant les affinités sociales, l'approche est d'abord physique. Après on discute. Les histoires de milieux viennent en dernier. Et là-dessus, les Scandinaves sont avantagés : pas d'aspérité, une culture populaire forte grâce à ABBA et au look jean bleu/T-shirt blanc, comme un drapeau finlandais, donc une certaine accessibilité renforcée par leur connaissance parfaite de l'anglais. Cette uniformité est un trompe-l'œil mais, après des séjours répétés en Scandinavie, je n'ai toujours pas réussi à en dégager les nuances. Dans les îles grecques, cette identité « prêt-à-porter » permet une approche rafraîchissante des relations hommes-femmes, loin du jeu parisien si codifié.

Mes amis de virées, je les rencontre au hasard de ces aventures nocturnes, un peu comme dans les jeux vidéo où on peut appuyer sur le bouton « renfort ». Je deviens pote avec un Suisse en moule-bite zèbre, serveur au Gstaad Palace, l'hiver. Un type si éloigné de mon univers que notre amitié revêt une forme libre de tout jugement. Un autre gars, un Lillois, sort son Boombox sur la plage et passe en boucle les tubes du groupe Enigma, sorte de remix lancinant de chants indiens d'Amérique ou de moines bénédictins avec de la musique d'ambiance. Je suis extrêmement choqué d'apprendre qu'il vote Jean-Marie Le Pen, à une époque où c'est un tabou absolu. Il me le confie pour me convaincre qu'on peut tout se dire. Je ne réagis pas, car je connais le code des alliances estivales, et que la drague de rue consiste à se trouver des potes avec lesquels aimer les femmes sans s'encombrer de théories.

Pour me nourrir intellectuellement, mes lectures me suffisent, elles me sauvent de l'ennui tandis que j'attends qu'une belle fille s'asseye à portée de voix, et à laquelle je pourrai glisser une petite phrase inspirée, m'interdisant le « *Where do you come from ?* » que je juge indigne du vrai séducteur. À drague de rue, poésie de rue ; depuis Villon, rien n'a changé.

Cette école de la vie était bien plus formatrice que le lycée. Elle m'apprenait l'humilité, à ne pas me croire meilleur qu'un lepéniste, qu'un provincial, ou que le gros lourdaud qui balançait des

« félicite tes parents pour tes beaux yeux », car ce genre de flatteries mal dégrossies accrochait davantage les oreilles des filles que mes aubades littéraires, lesquelles faisaient mouche sur une jolie Parisienne de la rue Soufflot, mais n'obtenaient qu'un froncement de sourcils épilés en arc d'une barmaid australienne. C'était une première vraie leçon d'efficacité littéraire.

L'honnêteté m'oblige à avouer que si je m'interdisais de juger mes fréquentations d'alors, c'est que, de manière inconsciente, je savais que je ne serais jamais confronté aux réalités qui les attendaient, ayant intégré que je n'aurais pas à travailler dur pour gagner ma vie. Dans ces conditions, je pouvais survoler la vie avec des potes de circonstance, des filles rapidement rencontrées, quittées – et qui parfois me quittaient encore plus vite.

3.

Flotteur

À notre rencontre, il y a moins de dix ans, tu es dans le Saint des saints du monde littéraire international alors que je collectionne les lettres de refus des éditeurs. Je suis aussitôt flatté de devenir l'ami du vieux sage, considéré, sans humour aucun, comme le dix-neuvième juré du Nobel de littérature, l'homme qui chuchote à l'oreille des dix-huit jurés officiels puisque ta femme siège parmi eux. Moi, je ne suis alors que le juge unique de mes propres textes qui disparaissent le plus souvent dans les sous-dossiers Word de mon ordinateur.

Une fois établi que tu es mon passeur symbolique dans la sphère raréfiée du Nobel, je m'adresse à toi comme à un grand esprit. Il est vrai que tu saupoudres la conversation du nom des monstres de la littérature mondiale que, par la force des choses, tu as rencontrés. Je te découvre moins jeune que je le croyais et le fait que tu aies côtoyé Octavio Paz ou Toni Morrison te confère le charisme qui manque aux éditeurs français qui rejettent mes manuscrits.

Je n'ai pas grandi entouré de posters de footballeurs, de chanteurs, de dieux ni de maîtres. Sur les murs de ma chambre, des cartes géographiques dont j'appréciais plus l'esthétique que les promesses de voyages. À l'âge adulte, rien n'a changé de ce point de vue. Je ne suis pas fait pour idolâtrer qui que ce soit. Ma femme se moque souvent de moi parce qu'un jour où on visionnait une vidéo de Madonna, j'ai dit qu'avec de l'entraînement, je pourrais danser aussi bien que la reine de la pop. C'est la même chose en littérature : les grands auteurs sont humains, le but est de tendre vers leur excellence et non d'être tétanisé par leur ombre. Toi comme moi, pour des raisons différentes certes, nous pensons mériter de vivre dans la proximité des grands auteurs.

On fait connaissance au bar-librairie La Belle Hortense, dont tu es alors un pilier. Tu te présentes comme metteur en scène d'opéra. Je suis impressionné. Autant je sais pouvoir danser comme Madonna (avec un entraînement long, intensif et douloureux, je le souligne), autant je doute de ma capacité à mettre en scène, un jour, un opéra. Quelque temps plus tard, je te croise par hasard à un dîner et tu me déclares être photographe, mais j'ai oublié, ou relégué dans un coin de ma tête, ton travail à l'Opéra. Toi aussi, d'ailleurs. Entre-temps, tu as brandi le mot magique : «Nobel». Ce mot anesthésie chez moi toute envie de vérifier ton CV sur Internet.

Techniquement, tu ne me mens pas, d'ailleurs. Les grands menteurs savent qu'il faut toujours s'appuyer sur une petite part de vérité ou inventer un truc énorme.

Dans les années 1970, tu prétendais avoir émigré en Suède pour être flotteur, métier qui consistait à contrôler la dérive des troncs d'arbres le long des cours d'eau. Ton père possédait, disais-tu, des forêts importantes de conifères. Flotteur, ce métier qui a disparu avant la Seconde Guerre mondiale en Suède, n'aurait fait qu'une bouchée du petit gars chétif aux mains de pianiste qui arrivait tout droit de son Marseille natal.

Tu as aussi commencé à mettre en scène des pièces de théâtre dans un local minable d'une banlieue morne de Stockholm mais, très vite, tu as placé sur ton bureau une photo de toi devant l'Opéra de Stockholm, anticipant la fabrication des images ambiguës sur les réseaux sociaux.

Tu t'es lié d'amitié avec un Autrichien et vous avez rapidement compris que les municipalités sociales-démocrates étaient très généreuses quand il s'agissait d'initiatives culturelles. Grâce à ton entregent, tu as rassemblé des acteurs susceptibles de faire l'affaire et choisi des pièces d'avant-garde-mais-pas-trop, comme *Quatre saints en trois actes* de Gertrud Stein, qui lança ta carrière de metteur en scène avec un succès critique. L'endroit était parfait – l'Académie royale de musique –, face au Théâtre dramatique royal; tu as enchaîné avec d'autres pièces, et puis tu as pris de l'assurance. Beaucoup d'assurance. Tu te comportais en dictateur et les acteurs, comme les techniciens que tu dirigeais, ne supportaient ton attitude qu'à la condition que les projets soient couverts d'éloges. Mais dans l'euphorie du succès, tu as choisi de monter *Le Père* de Strindberg et là, les choses se sont gâtées. Pour cette pièce emblématique du répertoire suédois, tu as cru bon d'inviter ton père, de le faire venir de Marseille. Ce devait être l'apogée de ta carrière. C'était une manière de dire, voilà papa, j'y suis arrivé. Mais ton hubris a été détruite par les Suédois. En Suède, à l'époque, un étranger ne touchait pas à cette pièce. C'était comme si un Suédois parlant mal le français avait monté *L'Avare* à Paris. L'échec critique a remis en question le financement généreux de la municipalité, et tu t'es retrouvé seul. Les témoins de l'époque se souviennent du metteur en scène tyrannique que tu étais, sous couvert de perfectionnisme. Mais dès que les mauvais papiers sont tombés, tu es redevenu le petit Français roublard, image qui te collait à la peau, dans un pays qui hésitait encore sur l'accueil des étrangers.

Tu t'es rabattu sur le Forum, un lieu qui accueillerait une production bien plus modeste, celle de Katarina Frostenson, ta nouvelle compagne et bientôt ta femme. Il s'agissait d'adapter son poème

Sébastopol, inspiré du boulevard éponyme, dont la chaussée s'ouvre pour «libérer» ses entrailles. Le sous-sol loué rue Sigtunagatan était donc parfait. Sa taille raisonnable était aussi un atout pour une chanteuse seulement accompagnée d'un violoncelliste. Une petite chorégraphie contemporaine agrémentait le tout. Le Forum vous permettait de vous exprimer sans donner le sentiment d'amateurisme. Cela dit, le *recitativo secco*, sorte d'opéra personnel, est bien l'ancêtre du grand opéra, et la facilité de le mettre en scène peut être compensée par le choix de talents exceptionnels. C'est donc sur cette autre ambiguïté que tu jouais ta gamme mondaine et rebondissais sur ton échec passé.

Quant à la photographie, tu avais réellement été l'étudiant du grand photographe suédois Christer Strömholm, lequel est connu pour avoir immortalisé les marginaux de Pigalle après-guerre. Pendant un temps, tu t'es pavané un appareil autour du cou pour impressionner les filles, pour ne pas rater l'instant magique, le moment où il faut magnifier le quotidien. Mais si Google avait existé et que j'avais tapé les mots «Jean-Claude Arnault photographe», seule une obscure mention d'un livre de ta femme aurait surgi sur mon écran.

Soyons honnêtes, tu avais sans doute un tempérament créatif, une perception aiguë des images et des sons de ton époque, mais ton talent réel était surtout de pouvoir fédérer l'intelligentsia suédoise autour de ta personne.

4.

Les dix-huit

Dix-huit femmes accusent une figure centrale de la vie culturelle suédoise de harcèlement et d'abus sexuels.

L'homme a des liens étroits avec l'Académie suédoise, et plusieurs des incidents auraient eu lieu dans des appartements appartenant à l'Académie : l'un à Stockholm, l'autre à Paris.

Le comportement de l'homme est connu de beaucoup dans le monde culturel depuis les années 1980.

Quotidien *Dagens Nyheter*, 24 novembre 2017

Voilà. C'est tombé.

La force de l'article, c'est le montage photo des dix-huit femmes. Certaines ont le visage découvert, d'autres le dissimulent sous une capuche, d'autres encore sous un bras. Quatre d'entre elles acceptent de dévoiler leur identité et quatorze témoignent anonymement. L'ensemble est presque trop esthétique pour la présentation d'un crime. Au bas de la page, un autre portrait moins léché, ta silhouette noire, un peu sauvage, avec ta crinière frisée. Le message médiatique est sans détour.

Tu n'es pas nommément cité dans l'article. C'est la loi. On t'appelle encore le « profil culturel », mais, à l'évidence, quiconque te connaît devine que c'est toi, celui qu'on surnommera Jean-Clad (Jean-Crade). Les épaules très droites, les cheveux tombant sur la nuque, pas de doute, c'est toi et ton look de jeune philosophe français. Et puis, pour ceux qui ne lisent pas *Dagens Nyheter*, il y a le site Flashback.

Flashback est un média suédois qui n'a pas d'équivalent en France. Il a commencé comme une sorte de dazibao sur papier, dans les années 1980, pour devenir, par la force de l'Internet, un énorme forum d'échanges et de ragots peu contrôlés. Comme pour toutes les aventures éditoriales nées dans un esprit punk, la dérive est évidente.

Dès que le site s'empare de ton cas, tu le regardes de manière quotidienne pour percevoir le pouls du pays et, bien sûr, pour éplucher toutes les crasses qui circulent sur ton compte. Des appuis te rassurent sur les fondements démocratiques de la présomption d'innocence. Mais dans l'ensemble, la pique est dressée pour accueillir ta tête.

Car les faits sont précis. Je m'en ouvre à notre petite dizaine de connaissances communes à Paris. Surpris par la gravité des accusations, nous nous sommes tous appelés. Certes, nous savions que tu étais un peu lourd avec les femmes, mais dix-huit plaignantes !

Les médias ont évidemment fait le rapprochement entre ce nombre et celui des jurés du Nobel (sans te compter, toi, le dix-neuvième, comme tu le prétends…). Tes amis, bienveillants, sont certes prêts à défendre le soldat Arnault, mais nous calons sur le nombre de plaignantes. Une ou deux accusatrices, on peut toujours chercher la petite bête dans leur récit et laisser le doute subsister. Mais dix-huit !

On ne sait pas exactement ce que chacune des femmes photographiées te reproche. On ne sait rien des gestes concrets. Les détails émergeront avec le temps, et même des années plus tard. Avec le premier article, c'est toute la palette de la violence sexuelle qui est implicitement dénoncée. Des femmes abusées dans leur sommeil, avec menace, chantage ou violence physique. Vingt ans de prédation exercée sur des femmes vulnérables par leur parcours familial, artistique, intellectuel, pour lesquelles se faire un ennemi d'un allié du prix Nobel reviendrait à gâcher leur vie. La femme numéro neuf déclare : « Avoir été une de ses jeunes proies est stigmatisant. On est estampillée. J'ai le sentiment que les gens dans le monde de la culture… Tout le monde sait, et tout le monde a su. Mais ils se voilent la face, veulent ignorer l'ampleur du malaise. »

Plusieurs de ces femmes sont allées à la police au moment des faits. Pour diverses raisons, les plaintes n'ont pas été jugées recevables, hormis pour l'une d'entre elles qui aurait été abusée deux fois en 2011. Cet acte pourrait être jugé mais la procureure du district de Stockholm, Christina Voigt, ne t'a pas encore poursuivi officiellement.

Très vite, sur Flashback, certains relativisent. Oui, OK, il y a eu des gestes malencontreux…

Une main au cul est-elle plus acceptable qu'une main sur les seins ? C'est quoi, un viol en 2017 ? En Suède ? Dans les guides touristiques de l'Inde en 2000, on met en garde les femmes contre les *pinch-bottomers*, ces hommes qui profitent de la foule pour glisser furtivement une main sur les touristes. On en rit à l'époque. On éprouve presque de la tendresse pour ce succédané de sexualité du pauvre ; dans un pays où le nombre de femmes est bien inférieur à celui des hommes, des milliers de jeunes Indiens ont peu d'espoir d'être intimes avec une femme. Alors pourquoi ne pas aussi relativiser les cas suédois ?

Pour dix-sept des dix-huit plaignantes, les faits sont prescrits, ou impossibles à vérifier. Mais peut-on soupçonner ces femmes de s'exposer et de prendre des coups juste pour se faire remarquer ?

Et moi, dont le métier est censé être celui d'un voyant, comment ai-je pu être aussi aveugle, si tu as réellement violé une, deux ou dix-huit femmes ? Ta folie, est-il possible que je l'aie croisée cent fois dans ton regard sans l'entrevoir ? À moins de ne pas avoir su te « lire ». Et les mauvais lecteurs ne font pas de bons écrivains…

5.

Forum

«Ne le fais pas Jim.» Liz dit. Jim glissa sa main encore plus vers le haut. «Tu ne dois pas Jim. Tu ne dois pas.» Liz dit. Ni Jim ni les grandes mains de Jim ne faisaient attention à elle. Les planches du sol étaient dures.

Ernest Hemingway, *Là-haut, dans le Michigan*

Matilda Gustavsson, la journaliste qui a écrit l'article déclencheur du scandale, a publié, en 2019, *Klubben* (*Le Club*), un livre très documenté sur le Forum, le lieu de rencontres culturel que tu as créé. Le Forum est aussi un instrument de pouvoir et d'autopromotion, même s'il a indéniablement contribué à la redécouverte en Suède d'artistes comme Proust – à l'occasion du désormais classique marathon de lecture de *À la recherche du temps perdu* –, Olivier Messiaen ou Primo Levi.

Sans oublier les expériences destinées à épater le bourgeois suédois, comme la soirée « Masturbatorium » du Hafler Trio, performance de sampling de voix de stars du porno américain.

En 2007, dans *Moustiques et tigres*, un autre livre qui met en scène le milieu culturel de Stockholm, Maja Lundgren résume l'ambiance du Forum en quelques phrases : « Des soirées philosophiques, Heidegger, des concerts de piano, des concerts de violon et un public majoritairement aisé âgé de cinquante ans et plus… les jeunes filles constituent la main-d'œuvre. Les femmes plus âgées, qui appartiennent au monde culturel, s'y rendent probablement avec l'alibi déprimant de ne pas se couper de l'arrivisme bruyant des nouvelles recrues, car l'arrivisme bruyant est toujours présent […]. C'est donc une constellation assez fabuleuse : public bourgeois, philosophes snobs et chasseurs de jupons. »

Parmi les habituées, il y a Johanna Ekström. Tu as la quarantaine séduisante à l'époque. Elle se demande si elle n'a pas été invitée grâce à la notoriété de ses parents, surtout de son père qui dirige l'Académie suédoise, dont les dix-huit membres choisissent le prix Nobel annuel.

Tu l'invites à lire ses poèmes au Forum. Comme d'habitude, tu es le maître des lieux ; Johanna se tient, mystérieuse, en retrait. Johanna se souvient, dans un témoignage publié dans *The Guardian*, le 12 janvier 2019. « Il est alors du genre artiste agité, une espèce d'organisateur-portier qui déplace les chaises avec impatience, sert du vin, toujours un œil sur la scène et la foule. Il fait la bise aux femmes, il mémorise les visages, pose une main bienveillante sur le dos des invités âgés quand ils descendent les escaliers. Parfois, j'entends ses commentaires salaces sur les jeunes femmes, mais je choisis de prendre ça comme de l'humour puéril. Pas vraiment drôle, mais facile à mettre de côté, comme si on époussetait les pellicules sur une épaule. Il est français après tout, et parle suédois avec un accent. Peut-être est-il plus fin en français ? »

Johanna et toi vous apprêtez à répéter sa lecture. C'est l'après-midi. Une fois la porte refermée derrière vous, tu lui ordonnes de se déshabiller. Elle s'exécute, un peu par défi envers elle-même. Elle sait que tu as vingt-quatre ans de plus qu'elle mais que, contrairement aux autres femmes, du fait de la notoriété de ses parents, tu ne peux pas avoir d'emprise sur elle, et ce détail lui plaît.

« Les tuyaux de chauffage grincent. Ce n'est pas pénible ; mais pas non plus agréable. Juste neutre. Pas de résistance, mais pas de complicité. Ce doit être une sorte de rite de passage, me dis-je. Je remarque que sa peau est douce comme du papier. Je regarde le plafond.

Mes yeux alternent entre les livres des étagères et nos corps. Je pense à la manière dont je décrirai cette scène, la manière dont je transformerai le présent en tranche de souvenirs. »

Tu dis à la jeune fille que Katarina et toi avez une relation ouverte, mais que ce que vous faites ensemble doit rester secret. Plus tard elle se demandera si tu as vraiment prononcé le mot « ouverte », ou si elle a juste couché avec un homme marié dont la femme désapprouverait l'infidélité si elle l'apprenait.

Toi, tu restes habillé. Tu ne caches pas ta stérilité. Même si tu la présentes comme une chance, celle de ne pas avoir à se soucier d'une grossesse non désirée, d'être dans l'acte de plaisir pur, cet aveu te donne une part de vulnérabilité.

Pour fuir mentalement cette expérience irréelle, Johanna lit les titres de livres sur les étagères.

Certes, ce n'est pas une agression active, mais malgré tout, cette expérience laissera une saveur amère, qui grandira avec les années jusqu'à ce que Johanna en témoigne dans cet article afin d'exorciser ce qui peut l'être.

Son récit n'est pas spectaculaire, mais il me touche particulièrement parce qu'il me replonge dans ma propre intimité. J'ai connu Johanna quand nous avions une vingtaine d'années, nous étions dans la spontanéité et la pureté des rapports hommes-femmes, et je ne peux m'empêcher de penser, à lire sa description de ce moment douloureux, que tu lui as volé ce naturel.

6.

Tetra Pak

Dans les années 1990, une ex-petite amie me loge gratuitement dans une maison qu'elle possède à Notting Hill Gate. Trois autres gars sont là, mais en tant qu'ex, j'ai une sorte de privilège (je dors dans la chambre nuptiale). Un quatrième larron, Peter, un type « illisible » aussi du fait qu'il cache tout le temps son regard sous des Ray-Ban, un ex aussi, qui a gardé les clefs de la maison, passe quotidiennement sans but précis, peut-être pour nous faire comprendre que le squat de luxe ne sera pas éternel. Aucun de nous n'est vraiment adulte. Le soir, nous sommes tous affalés devant une télé à regarder « Top of the Pops » avant d'aller dans les deux ou trois boîtes locales. Aucun de nous ne daigne remplacer les ampoules grillées de la salle de bains, chacun ayant découvert, sans consulter l'autre, la fonction lampe de poche de son téléphone à clapet.

Pour seule contribution à la maisonnée, je place dans les fissures des murs du salon des fleurs artificielles trouvées dans un café en faillite, ce qui est accueilli avec ironie par mes colocs blasés.

Il faut dire qu'à la veille du nouveau millénaire, la culture *lad* est à son apogée, le succès des magazines *Maxim*, *Loaded* et *FHM* en Angleterre est révélateur de cette affirmation du mec décomplexé qui aime juste picoler avec ses potes. C'est le règne du sarcasme. L'amour du beau est hautement suspect. Les femmes sont des *birds*. Et ma tentative de décoration est attribuée au côté un peu efféminé de l'homme d'Europe continentale. Je caricature, le « laddisme » est un épiphénomène, mais on n'en traverse pas moins une période de repli du mâle anglais, déboussolé par la popularité croissante des valeurs d'un féminisme très dilué, version Bridget Jones.

Dans cette vie de bohème peu créative, je suis néanmoins censé élaborer le livre qui marquera ma génération, je sens que je m'assèche et me souviens de l'existence de Johanna, une Suédoise rencontrée à Paris et qui habite à Londres. Elle, au moins, est dynamique, du moins dans mon souvenir. D'ailleurs, elle me propose de passer chez elle le soir même, à une adresse un peu mystérieuse, Aubrey House. Je déplie une carte sur la table souillée par des traces de drogue jamais nettoyées. Je trouve l'endroit. En fait, impossible de le rater. Il s'agit de la plus grande propriété privée de

Londres, à peine plus petite que Buckingham Palace.

Johanna m'accueille de son sourire solaire et me conduit dans l'annexe – une grande maison tout de même. Elle squatte chez sa meilleure amie, héritière de la fortune suédoise Tetra Pak, qui détient le brevet de la bouteille parallélépipédique en carton, et qui, avec ses cousines suédoises Ikea et Volvo, capitalise sur le fait qu'on doit produire des objets à angles droits pour les rendre plus pratiques. À l'époque, je me dis que, en effet, s'ils touchent un peu d'argent sur chaque berlingot à ouverture origami, ils peuvent se payer Aubrey House.

La beauté de Johanna tient essentiellement à son enthousiasme, à son amour des livres, et surtout à son regard magnifique. Elle pourrait passer pour une fille aisée de Londres, avec sa nonchalance, ses cheveux mal coiffés, son non-look, pas encore appelé «*normcore*».

Johanna Ekström est poétesse, son œil pétillant m'éloigne des fumeurs de pétards de mon squat et me rapproche de la littérature. Même si je ne parle jamais de mon écriture, partant du principe que l'art doit être révélé.

Certains penseront qu'il n'y a pas de hasard, car le soir même, mon ex m'appelle pour me dire qu'elle veut récupérer sa maison pour elle seule; et Johanna me propose gentiment de rester dans l'annexe de Aubrey House.

Le lendemain matin, au réveil, j'appuie sur le bouton qui décoiffe lentement la piscine extérieure, et effectue quelques longueurs. Je suis un écrivain à succès, au moins en apparence…

Moi qui ai connu le Skandinavian Bar à Mykonos, je découvre que même dans ce pays social-démocrate égalitaire, il y a une petite bande de privilégiés qui se connaissent tous. Ce n'est pas la *familia grande*, mais la *stora familjen*, qui réunit les Bergman, les Bonniér, les Wallenberg et même la nouvelle élite Internet comme Ernst Malmsten, cocréateur de la première start-up de luxe boo.com. Avant la lecture de la trilogie *Millénium*, on percevait la Suède comme un grand kibboutz à l'échelle d'un pays, alors que toi, tu avais très vite compris qu'elle demeurait en réalité l'un des royaumes du capitalisme inégalitaire, tout en projetant une image de pays cool.

Cette simplicité de façade, ce minimalisme pas encore érigé en mode de vie pour tous sont présents à Aubrey House. Pas de tableau ostentatoire, seule la sculpture d'une grosse paysanne colombienne par Botero occupe le hall d'entrée et semble plaider pour ne pas être prise au sérieux. L'art ne doit pas être plombant au royaume du capitalisme discret.

Finalement, je ne peux pas écrire dans cette bulle de luxe. De plus, je ressens de drôles d'ondes dans cette maison. C'est avec horreur que je découvrirai quelques années plus tard que dans ce lit où j'ai fait l'amour avec Johanna, le frère de son amie

Sigrid a laissé pourrir pendant plusieurs semaines sa femme morte d'une overdose, au point qu'elle n'aurait été identifiée qu'au moyen de son pacemaker.

Je quitte Aubrey House pour aller vivre dans une rue plus solaire, Golborne Road, où deux cafés portugais me donnent la joie de me sentir dans mon élément, dans la vraie ville, avec ce mauvais galão *in a glass* qui me rapproche du maître Pessoa. C'est là, à la terrasse du Lisboa, que Johanna me demande, comme une marque de grande confiance, si je veux lire ses poèmes. « Avec plaisir, bien sûr », même si je ne me sens pas capable de juger la poésie contemporaine.

La littérature est un domaine où je ne peux pas être faux-cul. Je ne peux pas cacher à Johanna que je n'aime pas ses poèmes. Bien sûr, vingt ans plus tard, je comprendrai que là n'était pas le sujet, que pour Johanna, c'était une manière de savoir si on pouvait être complices, puisqu'elle ne savait rien de ce que j'écrivais.

Habituée sans doute à ce qu'on lui glisse qu'elle est une poétesse brillante, sa mine se renfrogne et, avec un air triste, elle me dit qu'elle comprend. Qu'elle va réfléchir à mon propos sur la poésie en tant que processus organique. Elle est tellement positive et sympathique, elle accepte si bien mes critiques, que je me trouve soudain idiot de la juger.

Notre relation est abîmée après cette conversation.

Johanna est donc une de ces femmes que tu as piégées. Chacune des dix-huit devient alors pour moi une Johanna, je me le dis de manière très naïve, une fois encore. Mais ce changement a son importance. Je ne peux plus te juger comme un ami qui a violé à plusieurs reprises, mais comme un ami qui a abusé d'une amie, différence subtile, mais qui contribue à m'ouvrir les yeux.

Je m'en veux aussi parce que juste après notre rencontre, dans une fraternité qui cherchait à célébrer nos expériences semblables, je t'avais demandé si tu connaissais Johanna, sachant qu'un metteur en scène d'opéra pouvait avoir croisé une poétesse dans cette ville à taille provinciale qu'est Stockholm. J'avais été surpris car tu avais employé une expression peu élégante, « je me la suis tapée », et, déjà à l'époque, j'avais perçu cet utilitarisme du sexe comme insultant pour Johanna la radieuse, mais j'avais choisi de ne rien dire pour consolider notre amitié naissante.

7.

La peau

Après le choc initial, je ne sais pas trop quoi penser. Évidemment, tu ne t'es jamais caché d'être un grand séducteur, et ta justification pour aller «voir ailleurs» est imparable : ta femme Katarina, une poétesse extraordinaire d'après toi – et tu mets une réelle émotion dans ta voix quand tu affirmes que c'est une voix majeure de la littérature –, a besoin de silence absolu pendant les semaines et parfois les mois où elle est happée par le processus créateur. Même si vous habitez ensemble, elle ignore alors totalement ta présence. Katarina traduit de manière plus imagée votre accord tacite : «Tu as parfois fui dans la solitude de la ville et peut-être volé à un moment donné vers ce que tu appelais un “refuge”. Et, moi, je suis allée à la mer, au bord de la plage, ou juste plus loin dans la langue.»

À cette époque, je suis admiratif d'une telle rigueur, car j'en suis loin, et je comprends ta frustration. Vos non-dits et non-faits (sublimés par Katarina dans sa poésie) sont finalement le prix à payer pour la grandeur de la littérature.

Quelques jours avant le scandale, tu me proposes de te rejoindre pour un dîner au Petit Lutetia, ta cantine, rue de Sèvres. C'est un vieux café, restauré dans son ancienne gloire. L'exubérant manager te traite comme un frère, il te ressemble physiquement d'ailleurs. Tu es l'un de ses très bons clients, et le fait que tu invites à ta table de jolies filles, jamais les mêmes, l'impressionne. La proximité de « ton » logement de la rue du Cherche-Midi te permet de ne pas avoir à aller loin pour les inviter chez toi, après dîner. Dans ce restaurant, on croise souvent Gérard Depardieu, lui aussi fait le show, mais de vous deux, c'est toi le vrai Marseillais, même si tu le caches un peu alors que lui exsude son personnage de la série télé *Marseille*. Il personnifie l'esprit français que tu avais adopté pour te faire un nom en Scandinavie. Lui aussi aurait des comptes à rendre sur son comportement avec les femmes, mais, à l'époque, le plus menacé des deux, c'est bien toi.

Ce soir-là, tu es venu avec une conquête invitée à tes frais, une jeune graphiste ou designeuse de mode de Stockholm. Petite, ronde, avec des lunettes de marque. Début de la trentaine. Curieux de connaître ton amie, je lui pose quelques questions, mais tu m'arrêtes net : « Basile, j'ai parlé toute la journée en anglais avec elle, alors là, on va parler toi et moi en français. Ne t'inquiète pas, elle est contente. » Sans la défendre vraiment (si elle n'est pas contente, elle peut partir), je me dis cependant pour la première fois que tu es un goujat. J'attends un petit acte de rébellion de la part de ton amie, une interruption de notre conversation, mais je ne vois qu'une jeune fille souriante qui dîne tranquillement, sans protester, sans même regarder son portable. Et ce n'est pas à moi de faire la loi dans votre couple éphémère.

Il faut dire que ce soir-là, tu m'as proposé de lire mon roman paru l'année précédente, laissant planer une possibilité de traduction en Suède, car tu prétends pouvoir imposer là-bas n'importe quel auteur. Je suis flatté, bien qu'avec l'expérience, je ne tombe plus dans le piège des promesses éditoriales. Comme tu te positionnes en tant que futur juge de mon travail, j'en profite, exceptionnellement, pour te parler de problématiques d'écriture.

Tu écoutes de manière très attentive, mais je vois que tu ne suis pas. Tu ne comprends pas. Je le sens. Ce que je dis n'est pas très complexe, mais l'écriture d'un livre est un domaine qui t'est étranger, malgré ta proximité circonstancielle avec de grands auteurs. Dans le *Hagakure*, le livre du samouraï, le plus grand guerrier est celui qui doit paraître un peu benêt. Alors peut-être joues-tu le modeste et suis-je trop prétentieux ce soir-là, mais quelle que soit la réalité, j'abandonne.

En écrivant ces phrases, suis-je influencé par la conversation que j'ai eue avec un ami commun ?

«Jean-Claude, il est sympa, mais bon. Tu l'as déjà entendu dire quelque chose d'intéressant ? De drôle ? De fin ?» Je dois admettre que non. «Pourtant il semble plaire aux femmes.»

Je suis un peu vexé que l'on vise mon ami Jean-Claude. Quoi, je le fréquenterais pourquoi, moi alors ? N'ai-je pas assez d'amis ? Si je suis semblable aux femmes qu'il subjugue, c'est qu'il y a bien une raison objective, non ? Un charme certain ? Notre ami commun me surprend par son verdict :

«Tu sais la chance qu'il a ? Il a une très belle peau.

— Je ne comprends pas…

— On sous-estime l'importance de la peau. Tu verras quand tu auras mon âge. Si tu as vu le film d'Almodóvar *La Peau que j'habite*, tu comprendras que la peau est un rempart, elle remplace beaucoup de mots. Pour un homme aussi. Jean-Claude, je l'ai connu bien avant toi. Sa peau, c'est son passeport. D'ailleurs, tu ne lui donnes pas soixante-dix ans, si ?

— Non, la cinquantaine…»

Il n'y a pas que ta peau qui est parfaitement propre, tes vêtements aussi. D'ailleurs, j'ai constaté que les séducteurs vieillissants ont tous un point en commun : leurs vêtements sont parfaitement propres et repassés, leurs chemises ou T-shirts immaculés.

Et il est vrai qu'à te regarder avec cette jeune femme, dans la lumière tamisée de l'arrière-salle du Petit Lutetia, tu as l'air d'un sage de tableau flamand avec une belle paysanne naïve, enchantée par son séjour parisien.

Quand nous sortons, tandis que je déverrouille mon scooter, je t'observe avec elle, de dos, bras dessus, bras dessous, deux amoureux qui s'éloignent rue de Sèvres, comme une vignette en noir et blanc du photographe André Kertész. C'est ça, tu lui as vendu Paris, pas le Paris moderne et dynamique qui ne peut plus faire la nique aux Suédois Ikea, Spotify et H&M, mais un Paris désuet où la femme connaît son rang. En tout cas, tous les deux, vous marchez du même pas sur ce malentendu et je suis heureux pour vous.

8.

Tokoloshe

Récemment, alors que je passais l'aspirateur dans ma chambre, sous le lit, la brosse a buté contre une brique. Après quelques secondes de surprise, je me suis souvenu que c'est moi qui l'avais placée là, des années plus tôt, quand j'avais écrit *Le Pinkie-Pinkie*, une fiction dont le personnage s'inspirait du mythe sud-africain du Tokoloshe.

Le Tokoloshe, ou Pinkie-Pinkie, est un monstre, un nain au sexe si grand qu'il le porte en écharpe sur l'épaule. Il est invisible et apparaît furtivement la nuit, dans les maisons des femmes imprudentes. Le matin, elles se réveillent dans une grande tristesse et avec l'impression d'avoir été victimes d'une présence maléfique. Évidemment, comme tout mythe, le Tokoloshe s'appuie sur une réalité. En Afrique du Sud, il est connu de tous et assez inquiétant pour que le sujet soit pris au sérieux par les autorités, même si elles se gardent bien de le lier à l'endémie de viols dans le pays.

Dans la mythologie, il existe un remède pour se protéger du Pinkie-Pinkie : surélever son lit et placer une brique dessous. Sans rien dire à personne, j'en avais donc placé une sous le mien.

Mon demi-sourire en la retrouvant me rappelle que, il y a quinze ans, on ne tenait pas vraiment compte des violences faites aux femmes. On se disait qu'un ex-voto ferait l'affaire, une brique pour conjurer une réalité que l'on pensait lointaine. On les associait aux pages des faits divers – que je méprisais. Et puis, le Tokoloshe s'est rapproché de mon existence sans que je le remarque, cet esprit maléfique a pris des traits humains, il est devenu mon ami et je l'ai même reçu chez moi, l'accueillant à bras ouverts. Oui, et si ce Tokoloshe, c'est toi, Jean-Claude, ce livre serait-il ma nouvelle brique que, cette fois-ci, je ne cacherais pas sous mon lit ?

9.

Benny

L'article du *Dagens Nyheter* me hante. Je dois en avoir le cœur net et décide de me confronter à toi. Je ne suis pas courageux, le vrai courage serait plutôt de risquer une longue amitié qui remonte à l'enfance. Je t'appelle de la Caféothèque sur un coup de tête, mais tu es parti du quartier. Les amis qui te logeaient sur l'île Saint-Louis ont comme par hasard eu besoin de récupérer leur appartement, et c'est à Montmartre, près de la rue Lepic, que tu as fini par trouver un logement, avec un loyer à payer, et où vous planquer, toi et ta femme Katarina qui te soutient inconditionnellement.

En quelques semaines, tu es devenu un pilier du Zèbre, le café en haut de la rue, où Caterina, la manageuse grecque, te fait la bise et t'appelle par ton prénom, «Zan-Clod». À Montmartre, une forme d'anonymat te rend un peu d'arrogance et le sourire, même si tu préfères qu'on s'installe au fond de la salle. Le cuisinier passe, tu lui lances un compliment très apprécié. C'est ici que je te rejoins.

Pas de Suédois en vue. Après quelques banalités, je te demande, sans te brusquer :

« Dans le fond, tu sais que tu peux me dire la vérité ? Je veux entendre ta version de l'histoire.

— Basile, tu me connais. Je suis quelqu'un de tendre. J'aime les femmes, c'est peut-être un problème, mais moi, c'est la douceur. Les hommes qui forcent les femmes, je ne trouve pas ça intéressant. »

Pourquoi puis-je affirmer que nous sommes le 8 décembre ? Parce que la veille, Benny Fredriksson a été accusé, dans le quotidien *Aftonbladet*, d'avoir été un tyran quand il était à la tête du théâtre de la Ville, forçant, par exemple, une danseuse à avorter pour qu'elle continue sa carrière. Tu me détailles les accusations contre Fredriksson pour me montrer que la meute a temporairement changé de gibier, mais que ces « feminazis », comme les conservateurs américains appellent toute femme qui contredit un homme, veulent bouffer de l'homme de pouvoir sans discernement. Les médias suivent, ils n'ont pas le choix. Tu insistes, il s'agit vraiment d'une chasse à l'homme. Et moi, parce que je ne suis inféodé à personne, je choisis une fois de plus le chemin de l'amitié, sensible à ta voix sincère au grain de velours.

Mais déjà germe en moi le désir de raconter cette histoire. Toutefois, comme c'est la tienne, je te suggère de te lancer dans une confession sans fard.

Dans mon esprit, il est évident que c'est à toi que revient le micro, et ta réponse vague et timorée me surprend. Je comprendrai bien plus tard qu'écrire un livre honnête t'est impossible.

À ma surprise, dans la pénombre apparaît une femme manifestement scandinave. Elle me sourit comme si nous nous connaissions. Je comprends, tu lui as parlé de moi, je rencontre enfin Katarina Frostenson dont la démarche élégante et discrète me touche, car il lui coûte certainement de découvrir les témoins de ton autre vie. Presque en guise d'excuse, elle dit qu'elle vient boire un café avec nous. C'est une très belle femme, légèrement plus jeune que toi, avec un regard triste, des lèvres fines et une peau extrêmement pâle. Je suis gêné pour elle. Je me rends compte que toute cette histoire, c'est quand même une histoire de trahison. Si ce n'est une trahison au sein du couple, c'est celle des femmes en général, sa trahison à elle, et même celle de sa poésie. Que pourra-t-elle chanter à l'avenir ? Ce qui te sauve, c'est l'amour que tu lui portes, tes yeux brillent quand tu la regardes, tu sembles loyal à cette seconde-là. Elle doit ressentir cet amour évident. Elle me fait penser à une mère qui viendrait chercher à l'école son petit garçon qui a fait plein de conneries. Je le vois : elle te pardonnera toujours.

10.

Katta

Ta chute une nuit. Dans les mauvais bras.

Katarina Frostenson, *K*

Katarina Frostenson est un personnage mystérieux. Il m'a fallu parler à ceux qui l'ont connue dans sa jeunesse pour imaginer la joie qu'on peut ressentir à vivre avec celle qui se qualifie elle-même dans un poème de «*frostensol*» (soleil gelé ou soleil du gel), en jouant sur son nom. Elle semble être ton pendant inversé; toi le volubile Méditerranéen, elle la taiseuse diaphane.

Tu l'as rencontrée dans une de tes nombreuses tentatives de prise en main d'un groupe, en l'occurrence une chorale dans laquelle elle et sa sœur Cecilia chantaient. Mais contrairement à ce que tu prétends, elle n'a jamais été cette fille de pasteur que tu as sortie de son trou paumé. Tu étais dans les parages quand elle vivait sa première histoire d'amour avec le poète-écrivain-cinéaste-boxeur Lars Bill Lundholm. Chantre d'une littérature néo-prolétarienne, quand il sortait de sa camionnette dans laquelle il habitait, il traînait souvent avec une anthologie de poésie slave, et déclamait les vers de Wisława Szymborska, qui obtint le Nobel vingt ans plus tard (peut-être grâce à Katarina), et d'autres poètes, dont quelques Finlandais oubliés.

Après plusieurs rejets de ses manuscrits et un essai sur Raymond Chandler publié par le mari de sa sœur, Katarina a rencontré l'éditeur de Lundholm, Per Gedin, qui l'a publiée dans la maison d'édition prestigieuse W. & W. Toi, tu étais juste là. À l'affût. Tu les observais discrètement.

Et quand Lundholm a renoncé à la littérature et quitté Stockholm pour élever des chevaux, tu étais toujours là.

La Suède découvrait les œuvres dites post-modernes, et Katarina écrivait des poèmes qui ne paraissaient pas encore obscurs à ses lecteurs. J'ai le sentiment qu'elle était au bon endroit au bon moment. Avant d'être nommée à l'Académie de Suède, elle n'avait jamais été reconnue sinon d'un petit cercle bienveillant.

Une de tes plaignantes a raconté qu'elle avait le sentiment que Katta, comme tu avais appelé ta compagne devant elle, était cachée derrière le rideau. C'est une image très forte et réelle. Katta sait. Mais elle laisse faire. Pourquoi ? Ça n'est pas une question de logique, mais une question romanesque.

Katarina veut affirmer qu'elle est dans le lit avec toi malgré les apparences, elle est derrière le rideau, et c'est elle qui choisit ou non de voir. Il ne s'agit pas de son procès à elle, ce n'est pas une femme trompée au sens bourgeois du terme, son amour pour toi a dépassé ce genre de contingences. Le 7 décembre 2018, le grand dramaturge Lars Norén l'a écrit avec simplicité dans ses Mémoires : «Dans cette histoire, la seule avec qui je sympathise est Katarina Frostenson, et le mystère de l'amour qu'elle défend et qui n'est que le sien.»

Évidemment, quand je croise votre couple deux, trois fois après le scandale, je sais que Katarina sait que je sais. Je n'ose pas aborder LE sujet, bien sûr. Ni parler de poésie. Katarina est une femme extrêmement gentille, une forme de grâce émane d'elle. Vivant en partie au Danemark, je suis familier de ce genre de discrétion nordique, d'ailleurs Frostenson me rappelle ma belle-mère. Mais il ne faut pas trop ramener Katarina à son pays, elle se sent très française dans le fond, elle vit, elle aussi, dans ce mythe né des Lumières. Ses dieux sont Derrida, Bonnefoy et Le Clézio.

Sa cécité sur tes agissements est-elle une forme du bien nommé syndrome de Stockholm? Anne Sinclair, femme de Dominique Strauss-Kahn, semble, elle aussi, en avoir été atteinte quand elle défendait son mari. A-t-elle aussi été touchée par cette curieuse honte qui a envahi Katarina

Frostenson : « Mon regard n'est pas fixe, il erre. C'est la honte inexplicable et impuissante d'avoir créé le chagrin et peut-être fait honte aux amis. Ne pas pouvoir faire quoi que ce soit, ne pas parler, ne pas expliquer. Assumer la honte. »

Ses deux livres *K* et *F*, publiés respectivement en 2019 et 2020, sont impressionnants pour cette raison. Les salauds, c'est-à-dire la presse, les accusatrices, la Suède en général, tous s'acharnent sur toi, le mari innocent. Ta femme ajoute même que c'est certainement un peu sa faute, à cause de son manque de chaleur, euphémisme peut-être pour signifier votre manque d'intimité.

Katarina : « Quand tu ne pouvais pas me supporter, l'autrice, l'ermite. Allons-y. L'errance dans la ville parfois, les nuits tardives. Trop de vin certainement. Tu as peut-être été faible, parfois perfide et parfois moins triste et moins blessé qu'aujourd'hui. »

Dans *F* et *K*, tu es comparé aux plus grands martyrs. Kafka, Dostoïevski, Dreyfus, Montaigne, Rosa Luxemburg, Oscar Wilde, Simone Weil et Marie-Antoinette sont tes compagnons d'âme. Marie-Antoinette ? Je cite : « Je pense à tout ce pour quoi Marie-Antoinette était appelée, à tout ce dont elle était accusée : elle était étrangère, autrichienne, arrogante. Infidèle. Elle a également été accusée de vol, de trahison pour espionnage, de gaspillage. D'être gay, d'attouchements sur son fils. Voilà à quoi ressemblent les accusations, alors comme aujourd'hui. Rien de nouveau sous le soleil. »

Il est aussi question de cafés parisiens, de restaurants, de promenades sur les artères touristiques, et, curieusement, du boulevard Sébastopol. Le tout est très contrôlé, sans beaucoup de chair. Il y a de nombreuses citations derrière lesquelles on cherche la femme que tu as négligée. On cherche aussi l'évocation des dix-huit plaignantes, puisque ce livre prétend répondre à la calomnie qui t'afflige, mais on ne trouve qu'une évocation, au détour d'une phrase, de filles envieuses et méchantes. C'est certainement destiné à te sauver, mais fastidieux à lire.

Ces livres peuvent être lus pour les anecdotes qui ponctuent la croisade de Katarina. Celles où elle fait mine d'ignorer son propre pouvoir. Elle évoque notamment une soirée avec Jean-Marie Gustave Le Clézio.

Katarina lui voue un véritable culte, et il est certain qu'elle a été la championne de son élection (réponse en 2058, à l'ouverture des archives du Nobel de 2008).

Dans *F*, elle décrit avec nostalgie un dîner de 1984. On sent qu'une séduction s'opère entre eux, une complicité de grands auteurs, leur blondeur commune renforce cette idée de gémellité. Ils sont les Dioscures Freyr et Freyja, dieux du Nord, leur chevelure de paille scintille à la lumière des bougies. Ils sont beaux. Ou plutôt, comme le disait Bernard Pivot en accueillant Le Clézio : « et en plus, vous êtes beau ! » Ou Aragon : « On ne peut pas avoir du génie et cette beauté. »

Je cite Frostenson : « Après plusieurs échanges de lettres, nous sommes finalement convenus d'un rendez-vous, dans un grand hôtel au cœur de Saint-Germain.

Nous avons discuté longuement au bar puis, sur sa suggestion, nous sommes allés nous promener dans la ville. Nous avons terminé la soirée par un simple repas ensemble.

Voulez-vous du vin ? demanda Le Clézio. Oui, de préférence un verre de vin, répondis-je. Du vin, dit-il au serveur. Quel vin ? Juste du vin, répondit Le Clézio. La liberté de ne pas être forcé de choisir, ai-je pensé.

Puis il s'est tourné vers moi et m'a demandé s'il m'arrivait d'avoir peur de l'avenir. Oui, ça arrive, répondis-je un peu vaguement. Pas moi, dit-il. Parce que ça peut aller comme ça. Ou quelque chose comme ça. Et alors il a dessiné deux lignes dans des directions différentes sur une page. C'était apaisant. »

11.

Rancune

« Ce mec ce soir, c'était ton copain ?
— ??? — Ou juste un mec avec qui tu baisais.
— Pardon ? — Quand tu rigolais parce que je
te demandais si tu étais vierge, c'est parce que tu
avais baisé plein de mecs ? Tu baises avec ce mec ?
Non ? Non ? Non ? Salope. »

Kristen Roupenian, *Avoue que t'en meurs d'envie*

Cinq ans après ta rencontre avec Johanna sur le sol cimenté du Forum, son père devient président du comité Nobel. Johanna publie son premier recueil de nouvelles. L'une d'elles a pour thème la relation suivie d'une jeune femme avec un homme plus âgé. C'est inspiré de faits réels.

Le matin du jour de la parution, le téléphone sonne chez la jeune auteure. « C'est Jean-Claude. » C'est la première fois que tu appelles Johanna. Tu parles d'une voix basse et un peu inquiétante. Tu lui dis que tu as été choqué, ou, plutôt, que Katarina et toi avez été choqués. Johanna ne comprend pas. Tu hausses la voix. « La nouvelle là, tu sais laquelle, non? » Tu dis qu'elle sait très bien que cette nouvelle érotique parle de lui. Que de manière évidente, sinon flatteuse, elle a révélé votre relation éphémère, et qu'elle doit maintenant dire clairement que ce n'est pas toi. Johanna s'exclame : « Mais ça n'est pas toi ! Comment ça pourrait être toi? » Tu ne l'écoutes pas, le déni trop net de Johanna est presque une preuve de sa duplicité. Tu finis par lâcher : « Katta est furieuse contre toi ! »

« Les souvenirs obscurs du sous-sol du Forum remontent. Moi nue : lui presque habillé ; ses jeans noirs baissés. Quelle est la réalité derrière ce coup de fil? Katarina est-elle vraiment furieuse? Pense-t-elle réellement que la nouvelle le démasque? L'a-t-elle lue?

Ou veut-il contrôler ce qu'il perçoit comme mon témoignage sur ce qui s'est passé entre nous, avec un sentiment mêlé de fierté et de perte de contrôle? Je veux me protéger de ma propre mémoire. Je veux protéger ce que j'ai écrit. Je veux aussi protéger les bons souvenirs qui ont étayé ma nouvelle.

C'est comme si j'avais rejoint un jeu, que je m'y étais consacrée volontairement, et puis que soudainement je m'en étais lassée, et que j'en avais oublié complètement les règles. »

Je sais ce qu'on peut penser de ce témoignage, ce n'est pas la fin du monde. Mais c'est tout de même un peu plus compliqué que ça…

« Ma mémoire est comme une nature morte, figée dans le temps. Mes sentiments, eux, changent continuellement, entre tristesse, rage, réputation à préserver, et honte. »

Dans ces mots, je ressens la colère sourde de Johanna. Sa volonté d'examiner les entrailles du Forum à l'air libre est intéressante, c'est exactement le souhait exprimé par Katarina Frostenson dans *Sébastopol*, le poème mis en scène par Jean-Claude. Frostenson décèle un univers caché dans ce sous-sol, lequel finit par s'ouvrir sur la ville. En tant que Parisien, je ne vais pas m'attarder sur le choix incongru du boulevard de Sébastopol comme lieu de la révélation poétique, un papillon révélé par la chrysalide suédoise. L'idée est assez bonne et certainement poétique, mais pour toi, trivialement, ce lieu caché était aussi le parfait piège à nanas.

Johanna n'a pas nié qu'elle faisait partie du sérail, elle l'a même revendiqué pour désamorcer le déséquilibre avec toi. Malgré la différence d'âge, elle pouvait te regarder sans baisser les yeux, car elle n'avait pas besoin de toi pour avoir accès à l'élite littéraire suédoise. Ce qui évidemment t'a excité. Car dans un autre extrait de ce texte, tu lui poses beaucoup de questions sur son père.

Le malentendu sur la nouvelle de Johanna est révélateur de ton état d'esprit. Mon ancienne amie décrit un mélange de fierté et de rage chez toi, quand tu lis la nouvelle. Une forme atténuée du syndrome d'érotomanie qui te démange. Tu *dois* être le personnage. Ne pas être ce vieux dans la nouvelle, c'est nier que tu as été important.

Katarina, qui devait écouter votre conversation, voulait au moins que tu fasses semblant d'être blessé.

En tout cas, tu devais jouer la comédie.

D'une manière plus oblique, je crois que tu méconnais les principes de l'écriture romanesque. Tu affirmes que Johanna ment, et qu'il est évident que c'est de toi qu'il s'agit dans ces scènes. Pourquoi une romancière-poétesse serait-elle fiable d'ailleurs ? La dynamique de la nouvelle, si elle est fondée sur la différence d'âge, est forcément nourrie de nombreuses expériences. Tu sembles dire clairement : je ne suis pas rien. Je suis le mec de la collègue de ton père, et quoi que tu dises, tu seras toujours marquée au fer rouge par cet après-midi dans le sous-sol de mon club privé.

Ceux qui ne croient pas profondément à la littérature s'évertuent toujours à rappeler les lieux, les événements censés présider à la création, ignorant que l'écriture les transmute en or, ignorant qu'elle peut constituer un antidote à la réalité grise de l'existence.

Il y a quelques années, dans un moment de folie, j'ai acheté aux enchères une centaine de livres de, et autour de James Joyce. En passant, James Joyce n'a jamais été envisagé pour le Nobel, son nom n'a même jamais été suggéré. Mon acquisition avait bonne allure sur les étagères de ma bibliothèque, les Joyce me donnaient un air de grand auteur. Un vieux joycien avait traqué chaque volume avec fierté et moi, je faisais le malin avec son outil de travail. J'ai tout de même lu un livre sur les maisons où l'auteur irlandais avait vécu, la biographie de son père John Stanislaus Joyce, et un abécédaire joycien de trois cents pages. Mais avec toute cette érudition, je ne savais plus comment lire son ouvrage le plus simple, *Gens de Dublin*. Mon esprit était perturbé. Trop de volonté de lire pour les mauvaises raisons. Trop de surinterprétation. Toi aussi, Jean-Claude, tu n'étais plus capable de lire un livre, sans guide, pour ton plaisir, sans arrière-pensées, dans ta frénésie de séduction et d'organisation d'événements qui faisaient frétiller l'élite suédoise. Si tu avais lu *Le Vieil Homme et la Mer*, roman court qui fit pencher la balance du Nobel en faveur d'Hemingway en 1954, aurais-tu compris qu'il s'agissait tout simplement d'une histoire sur la relation entre un vieil homme, un garçon et la mer? Inutile de donner les noms de ceux qui avaient inspiré le roman pour l'apprécier. La nouvelle, partiellement autobiographique, de Johanna et de son vieil homme ne faisait pas exception à la règle. Sa réussite venait bien du fait que tu t'y reconnaissais, au même titre que d'autres vieux lecteurs pouvaient s'y voir décrits, mais elle était aussi une fiction simple dont il fallait oublier la genèse.

Luigi Pirandello, Prix Nobel 1934, a écrit une nouvelle parfaite sur un vieil homme qui drague une jeune fille et qui lui propose d'aller aux bains de mer de Palerme, sur la plage de Mondello. Elle est ravie, et la tension érotique est évidente. Ils se préparent et tous deux prennent l'autobus. Ils l'attrapent au vol, et il n'y a pas beaucoup de place, mais ça n'est pas grave, le parcours n'est pas long. La vie est belle. Elle regarde l'homme avec des yeux amoureux et lui se dit, je suis encore le roi des séducteurs. Mais leur complicité est brisée par un jeune homme, assis sur une banquette, qui l'interpelle : « Monsieur, vous voulez prendre ma place pour vous reposer ? » Et le monde s'effondre. Jean-Claude, tu aurais peut-être dû lire cette nouvelle pour t'arrêter à temps…

12.

La valise en carton

À la fin des années 1970, il n'y avait pas de transition entre la littérature pour enfants et celle pour adultes. On se débrouillait. Ceux qui possédaient une maison de vacances découvraient dans les caisses du grenier des livres oubliés par les grands-parents. D'autres se saisissaient de livres de poche relégués aux toilettes, autre manière de faire partager Balzac ou Stendhal à sa progéniture, car les livres de poche avaient alors une valeur marchande et symbolique et n'étaient pas empilés sur l'étal d'une solderie ou jetés dans un carton pour Emmaüs. Ceux qui étaient nés dans des familles sans accès aux livres se rendaient dans les bibliothèques, même si cela pouvait sembler intimidant au début.

Moi aussi, j'improvisais. Comme beaucoup de familles de la diaspora grecque, on retournait « au pays » pour les grandes vacances, sur l'île de

Spetses. Pour tout bagage, j'avais une petite valise de carton bouilli, couleur or, dans laquelle je calais des livres. Mes parents transportaient le reste. Il y eut l'année « Contes et légendes », celle des albums Spirou, l'année Walter Scott, et puis, lors de mes derniers voyages en famille, la période Nobel. Ma mère avait acheté au marché aux puces de la porte de Vanves la collection entière des prix Nobel de littérature. Une édition aux couvertures de skaï blanc illustrées par la colombe de Picasso, avec la signature du maître bien visible – désormais identifiable au premier coup d'œil grâce aux voitures Citroën. Je trouvais laid ce blanc plastifié imitant la peau d'éléphant. Une famille bourgeoise avait dû vendre cette collection après s'être lassée de ces volumes attrape-poussière. Hormis *Le Vieil Homme et la Mer* et *La Peste*, tous ces bouquins nobélisés étaient à peu près illisibles : des écrivains scandinaves naturalistes du début du XXe siècle, quelques curiosités, comme Churchill ou Sully Prudhomme. Comme tout jeune lecteur, j'imaginais que le canon absolu de la littérature, c'était le Nobel.

J'ai déjà décrit dans *Une littérature sans écrivains* comment ces lectures estivales – au milieu du chant des cigales et des chansons populaires des îles crachotées par un vieux transistor – étaient l'alternative à la sieste obligatoire. Ma sœur, ma mère et ma grand-mère écoutaient ces *nisiotika* avec moi, attelées à leurs travaux d'aiguille ou de peinture artistique dans la pièce commune qui me paraît immense dans mon souvenir. Pas d'autres liens avec l'extérieur que les appels lancinants du vieux marchand de glaces : « Glaces Evga… à la cuiller, au bâton ou en sandwich ! » Quand la voix s'évanouissait au loin, je replongeais dans mon livre. C'était un des standards du Nobel cet été-là, une littérature idéaliste, pas très portée sur l'humour ni l'érotisme, en conformité avec les préceptes de l'austère et mystérieux Alfred Nobel. Cette *gravitas* rassurait l'enfant que j'étais. La lecture, c'était sérieux. Et je croyais que celle des Nobel constituait le passage culturel obligé pour tout adolescent occidental.

Des années plus tard, en parlant avec d'autres écrivains de ma génération, je constaterai ma singularité. Eux qui vénéraient Sagan, Giono et Gary n'avaient pas lu une ligne de Tagore, Bounine ou Hamsun.

Quand je te rencontre, je me balade toujours à travers le monde avec ma valise en carton bouilli. C'est avec joie que je partage avec toi ce sentiment d'être un lecteur international plus que français. Tu m'apprends que tu es marié avec une jurée du prix qui a guidé mes lectures de jeunesse. J'éprouve un plaisir diffus, un peu comme lorsque deux personnes qui se croisent dans un avion découvrent qu'elles ont une passion commune pour la pêche à la mouche. Dans la solitude de mes goûts, je saisis chaque communion d'esprit avec enthousiasme. Ma connaissance de la Scandinavie où je vis, le souvenir du Skandinavian Bar de Mykonos où j'ai fait mes classes me rapprochent aussi de toi. J'ai enfin trouvé un ami puissant chez les cousins suédois. Moi qui mène une carrière littéraire « sous le radar » en France, je me trouve un grand frère décoré de l'Étoile polaire suédoise, « celle qui ne se couche jamais » si l'on en croit sa devise *Nescit occasum*. Un astre qui « ne décline jamais » me semble bien supérieur à l'immortalité promise par l'Académie française ! Et quand je te regarde, il est évident que, tel Dorian Gray – tu es âgé de presque soixante-dix ans quand je fais ta connaissance –, tu es aussi vif qu'un jeune intellectuel français. D'ailleurs tu incarnes l'éternelle jeunesse.

13.

Vieux

Tu as quelque chose du personnage d'Antonio Salieri dans *Amadeus*. Je n'y avais pas pensé avant de lire un commentaire de *Flashback*. Peut-être parce que tu ne portes plus alors le catogan qui accentuait cette ressemblance. Comme Salieri avec Mozart, peut-être es-tu voué à rester l'homme de l'ombre, effacé derrière ta femme géniale et tous les nobélisables qui se bousculent pour tenir le crachoir devant le roi de Suède ? Et lui, le monarque, t'accorde-t-il ses faveurs, à l'instar de l'empereur Joseph II, subjugué faute de goût par le médiocre Salieri ? D'ailleurs, ta belle peau légendaire a pris un coup de vieux pendant les quelques semaines où nous ne nous sommes pas vus.

Il est vrai qu'au fur et à mesure que ma défiance grandit envers toi, tu rapetisses à mes yeux, tu t'enlaidis. Tu es brutalement devenu « vieux ». Vieux en esprit. Vieux, car retors. Ta femme t'a attrapé par les bretelles. Je ne parviens plus à te prendre au sérieux.

On se retrouve à la Caféothèque, tu as fait l'effort de venir dans mon quartier. Tu es désormais isolé, ta liste d'amis Facebook est décimée, ton téléphone ne sonne plus que pour les appels de tes avocats, de journalistes, ou de quelques rares soutiens qui te promettent une villégiature de repli. Tu me parles de Venise. Des amis si puissants qu'ils peuvent ignorer la calomnie. Ta voix hésite, tu ne me fixes plus de ce beau regard franc qui me rendait important, tu sembles envoûté par la vue de l'île Saint-Louis face à toi, vaisseau où tu ne pourras plus t'amarrer, ni là ni ailleurs.

Ton look noir intégral n'a pas changé. Une veste en vachette qui a dû coûter un bras à l'époque de son achat, ce genre de fringue que seuls les vieux beaux portent encore en se croyant sexy. Ta couleur, c'est le noir, ça a toujours été le noir. Et cette rigidité dans ton code vestimentaire ne te rajeunit pas non plus. Tu as l'air d'un célibataire endurci, malgré ton état civil. Moi aussi, quand j'ai rencontré celle qui deviendrait ma femme, je portais quotidiennement une veste en cuir achetée dans une friperie new-yorkaise, je voulais croire que les traces de paillettes sur les revers du col révélaient qu'un mac l'avait usée avant moi. Avec son franc-parler habituel, ma femme m'avait dit : « Tu n'as plus l'âge de mettre ça. On dirait un gros dégueulasse ou, comment il s'appelle l'écrivain français, Michel Houellebecq ! » Avec douleur, j'avais admis que cette seconde peau n'était plus nécessaire, choisissant de la laisser lentement pourrir dans ma cave « au cas où ». Houellebecq, c'était bien choisi. Mais Houellebecq transformait son look de vieux dégueulasse en look emblématique, car si on a du talent, on a toujours le bon look.

La veille de notre rendez-vous, tu as acheté des chaussures de sécurité Skechers noires dans le magasin qui vient d'ouvrir rue Saint-Louis-en-l'Île et qui porte le nom ambitieux de Miracle. C'est le commerce le plus laid de la rue. La preuve que même ici des revendeurs de sportswear peuvent écouler cyniquement des montagnes de godasses en plastique. Je me suis demandé qui allait pousser la porte de cet endroit à son ouverture, qui oserait acheter ces chaussures tendance dans les années 1990. Toi. Je remarque ton manque de goût pour la première fois. C'est bien le signe que je ne te fais plus confiance. Mais comme je suis toujours fidèle en amitié, je te donne une chance de plus de t'expliquer.

«J'étais rue Vieille-du-Temple et un journaliste suédois m'a mis son portable sous le nez. Ils sont complètement fous ! Et maintenant, tu sais ce qu'ils disent ? Que j'ai harcelé la princesse.

— Ah ? Explique-moi ? dis-je, ne prenant plus une seule de tes paroles pour argent comptant.

— Il y avait une réception, j'ai mis mon bras autour de sa taille, tu me connais, je suis tactile. En Suède, ils ne font pas ça. Et là, on m'a éloigné, et maintenant, on m'accuse d'avoir essayé de la violer, elle aussi. Tu l'as vue en plus ? Elle n'est vraiment pas jolie... »

Heureusement, le téléphone sonne, ton avocat certainement, et je pars. Pas la peine d'insister.

N'étant pas monarchiste, je ne considère pas qu'une princesse ne puisse recevoir une marque d'affection. Selon toi, tu es juste un type gentil qui tient les portes et qui traite cette fille avec simplicité. Mais il y a une différence entre passer une main amicale dans le dos et laisser traîner la paume sur le rebondi de la fesse. Ce qu'on pourrait alors appeler une main au cul. Dans *F*, Katarina prétend avoir été témoin de la scène et elle accuse les académiciens de colporter des ragots que des ex à toi ont fait fuiter pour se venger, ragots qui ont fusé des salons du jury Nobel vers les milieux universitaires pour finir à la une d'*Expressen*.

Relativisons aussi un instant. Tu es né à Marseille à l'époque où Raimu faisait des films. À cette époque, les vieux cons font encore du pied sous la table, non ? Qu'est-ce qu'on en dit quand on revoit ces films ? Rien. On rigole du décalage entre les XXe et XXIe siècles.

Une fois de plus, je t'offre le bénéfice du doute. Pourquoi accabler le vieux Jean-Claude ? J'accepte que mes amis soient un peu *old school* ! Il y a des années, ma femme et moi avons séjourné quelques mois à Buenos Aires. L'ambiance rappelait l'Italie des années 1950 et cela était aussi perceptible dans l'attitude « traditionnelle » des hommes. Quand des petits vieux l'ont sifflée sur son passage, on en a rigolé, n'y voyant que du folklore. En 1952, une très belle photo de Ruth Orkin montre l'«*American girl in Italy*» entourée d'une quinzaine d'hommes qui la matent et la sifflent, l'admirent avec une lubricité toute latine. Pourtant, la *bella ragazza* se presse, peu sûre d'elle dans ses spartiates et à demi protégée par un châle, cherchant un terrain moins testostéroné.

Cette image, je la vois en vitrine d'un réparateur de portables au 164, Nørrebrogade à Copenhague. Le propriétaire d'origine turque n'a aucun lien avec l'Italie. Je l'interroge, mais non, il n'y a pas de message derrière. Il ne sait pas pourquoi il a mis cette photo en vitrine. Il la trouve juste «stylée». C'est la force de l'art. Chaque époque, chaque génération plaque son propre message sur une image. La fille de Ruth Orkin, qui détient les droits de la photo, l'a bien compris, elle qui refuse de révéler si sa mère a voulu en faire passer un avec cet instantané (mis en scène peut-être), devenu un symbole fort du mouvement #MeToo.

Les génies, du genre de Shakespeare, peuvent être cuisinés à toutes les sauces de toutes les époques, ils tiennent. Mais qui sait si les victoires de #MeToo peuvent être réversibles? Qui sait si on ne reviendra pas à l'époque où les hommes sifflaient les filles dans la rue? L'histoire ne va pas toujours dans le sens qu'on imagine, vers une forme d'égalité hommes-femmes ni vers plus de démocratie. En 1970, qui aurait cru que la condition des femmes régresserait en Iran ou en Turquie? L'art est toujours le messager d'une époque, parfois à son insu. Ruth Orkin avait parcouru seule le monde, et elle avait une idée de cette dimension de l'art. Cette photo est le témoignage subtil de toute sa vie de femme voyageuse, rien de plus peut-être.

Je visionne souvent des films d'après-guerre, ceux tournés pendant ta jeunesse. Bien sûr, la femme y est cantonnée au rôle de faire-valoir, hormis dans quelques rares pépites comme *Girlfriends* de Claudia Weill, *Outrage* d'Ida Lupino, ou *Les Millions d'yeux de Sumuru* de Lindsay Shonteff.

Il y a des films clairement choquants, ce qui ne les empêche pas d'être des chefs-d'œuvre puisqu'ils ont été tournés dans un contexte où les rapports décrits étaient acceptés. Dans *Blow-Up*, le photographe joué par David Hemmings « abuse » de ses mannequins afin d'obtenir la photo désirée. Il est violent, il utilise son emprise, il les humilie en arrachant la robe de Jane Birkin et les collants de Gillian Hills. Il observe leur corps à poil et encourage leurs crêpages de chignon. Elles sont d'abord apeurées mais se laissent faire dans une bagarre rythmée par des éclats de rire... Ont-elles le choix? Antonioni a-t-il imposé ce doute sur leur soumission à David Hemmings? En revoyant le film récemment, ce film qui frôlait la perfection d'après moi, je me suis dit, la postérité d'Antonioni est fichue. Qu'un film populaire rende une image désuète des relations amoureuses, c'est encore acceptable aujourd'hui, mais qu'Antonioni fasse un héros d'un type qui se comporte comme un porc, ça déséquilibre et affaiblit la crédibilité du film.

Je nuance cependant : un photographe de mode des années 1970 était sérieusement machiste. Une génération plus tard, quand je suis invité à des défilés de mode, j'aime me tenir debout, au milieu des photographes massés au bout du podium, là où les mannequins doivent se retourner non sans marquer un temps d'arrêt afin de laisser à l'obturateur le temps nécessaire pour les saisir dans toute leur netteté, en ce crépuscule de l'argentique. C'est à cette seconde que, planqués derrière le son assourdissant mêlant la musique du défilé et les déclencheurs de moteurs qui mitraillent, les photographes se mettent à hurler : « Claudia, un sourire, grosse salope ! » ou « À poil, Carla ! » et bien pire encore, le tout dans une lâcheté dont je suis le complice absolu (mais silencieux). L'énergie malsaine qui se dégageait de ces insultes était considérée comme aussi nécessaire que l'encouragement de David Hemmings à arracher les vêtements des mannequins qui travaillent avec lui. Je comprends bien que le personnage est réaliste, et qu'Antonioni n'est pas tenu de masquer l'agressivité sexiste typique de cette profession. Mais il est tout aussi évident que le capital sympathie pour une œuvre de fiction est volatile. On ne voit pas un chef-d'œuvre dans l'époque qu'il représente, mais d'après celle dans laquelle on le visionne.

Aujourd'hui, Hemmings n'est plus le gentil garçon soucieux de résoudre un crime, mais un harceleur qui, accessoirement, veut résoudre un crime davantage par défi que par souci de l'autre, qualité dont il semble dépourvu au regard de son attitude avec les femmes.

Un jour, à Moscou, j'ai été invité à boire un verre dans un club où des femmes nues étaient placées à l'intérieur de cubes en plexiglas, et qu'on appelait les « femmes-tables ». Une fente permettait de glisser des pourboires et de les laisser respirer. Oui, j'éprouvais une gêne atroce ! Suis-je parti pour autant ? Suis-je allé protester auprès du manager tchétchène ? Non. Et là est la question. Pourquoi ?

Dans ces mêmes années 1990, on pouvait aller à l'Action Christine pour voir *Sept ans de réflexion* avec Marilyn Monroe, et en sortir en ayant trouvé le film drôle et agréable. Or, il y a cette scène où Monroe et Tom Ewell jouent du piano à quatre mains. Soudain ce dernier prend une voix très grave de *latin lover* et saute sur Monroe, à tel point que les deux tombent de la banquette. Mais elle est tellement idiote (blonde) qu'elle dit : « Que s'est-il passé ? ! » Lui sait et bégaie : «Je ne sais pas. C'est terrible. Il n'y a rien que je puisse dire à part que je suis vraiment désolé. Ça ne m'est jamais arrivé. » Elle : « C'est quoi ? Ça m'arrive tout le temps… » On rit de bon cœur.

On ne peut compter les gifles magistrales infligées aux femmes dans les *James Bond*, auxquelles il faut ajouter les tapes sur les fesses – dix-neuf en tout sur vingt-cinq films. Sean Connery est le plus gifleur des espions. En 1964 ne déclarait-il pas dans *Playboy* : « Je ne pense pas qu'il y ait quoi que ce soit de condamnable à frapper une femme, même si je recommande de ne pas le faire de la même manière qu'avec un homme *(rires gras).* » Dans le film qui a inspiré la série des *OSS*, *Mission à Tanger* d'André Hunebelle, Raymond Rouleau passe lui-même son temps à rouler des pelles à chaque femme subalterne qu'il croise, standardiste ou vestiaire d'un cabaret. Il se sert, comme il se verserait un verre de whisky. Les films de Verneuil sont bien plus récents, mais la femme y est toujours une potiche avec, évidemment, la scène du *Casse* où Belmondo allume et éteint la lampe à commande sonore grâce aux gifles qu'il assène à Dyan Cannon, transformant la violence domestique en expérience domotique. Tous ces films, je les ai vus il y a longtemps, sans vraiment tiquer. C'était alors le monde normal. Exotique pour moi, mais normal.

Je relisais récemment par hasard *Le Pitre* de François Weyergans, un auteur qui a eu son heure de gloire au début du millénaire. Étant l'ami de sa fille, j'étais devenu un intime de la famille, et j'aimais beaucoup le personnage et ses livres. Mais là, désolé de descendre un type sympa et mort, ce témoignage sur sa thérapie avec Lacan est devenu une histoire de gros queutard macho qui croise accessoirement son psy, lequel, soit dit en passant, est aussi lourd et dégueulasse que son patient. R.I.P. *Le Pitre.*

Je ne dis pas : « Elles nous ont eus », mais plutôt : « Il va falloir vivre avec un nouveau regard. » Résister ? Non, le propre de l'artiste et du spectateur ou lecteur, c'est d'accepter que des œuvres deviennent obsolètes. Parfois délicieusement, parfois tristement. Le tri se fera, malgré tout. Par exemple, Pierre Loti, aujourd'hui, c'est mort. Illisible. Sur l'étagère bibliophilie à la rigueur. Ses best-sellers qui objectivent les femmes, comme *Aziyadé* ou *Madame Chrysanthème*, sont déjà passés à la trappe.

14.

DARVO

Alors, comment expliquer qu'on n'entende jamais la partie adverse : «J'ai violé unetelle, tel jour, dans telle circonstance»? Parce que les hommes continuent à faire ce que les femmes ont appris à faire pendant des siècles : appeler ça autrement, broder, s'arranger, surtout ne pas utiliser le *mot pour décrire ce qu'ils ont fait.*

Virginie Despentes, *King Kong Théorie*

Nous sommes en janvier 2018. Un Néandertal de plus va tomber. James Franco, l'acteur américain indépendant mais chouchou d'Hollywood est accusé de harcèlement sexuel. Je dois donc de nouveau m'atteler à comprendre la nature des hommes.

Je ne partage jamais d'avis sur Internet, je vois ceux qui le font avec envie parfois, avec pitié souvent, je sais qu'ils le regretteront, au moins d'avoir perdu tant d'heures précieuses. Si tu as quelque chose à dire, mets-le dans une œuvre, c'est mon credo.

Avec plus de recul, voyons donc James Franco, qu'a-t-on à lui reprocher? Tout d'abord, le radar Google me révèle le physique de sa victime présumée. C'est terrible de commencer par là, mais c'est un élément parmi d'autres. Si je dois me forger une opinion, je commence par assembler les éléments que j'ai en main. Si la fille est canon (d'après le goût stéréotypé), Franco aura pu être plus entreprenant que si elle était moche. Sous-entendu : il est pervers. Cette analyse est celle du Néandertal que je peux être. Le consommateur d'articles *people* a le droit de fonctionner à l'instinct.

Quand ils parviennent à un certain degré de notoriété, les violeurs harceleurs suscitent les mêmes réactions. On se dit qu'ils sont hors-sol, irrécupérables, qu'ils appartiennent à un autre monde. La beauté d'une femme n'est jamais la question, pourtant avec Internet à portée de doigts, nous sommes amenés à contextualiser chacune de ces histoires, à prendre connaissance des faits, et, malgré tout, cette curiosité passe par l'évaluation du physique. Il ne faut jamais se défendre comme tu l'as fait avec la princesse de Suède, ni comme Donald Trump, prédateur sexuel avéré, qui a déclaré concernant Natasha Stoynoff qui l'a accusé d'agression sexuelle : « Regardez-la. Regardez-la vraiment. Dites-moi après ce que vous pensez de ses accusations. Ça ne le fait vraiment pas. Vraiment pas. »

Comme lui, les harceleurs violeurs font appel au DARVO, acronyme de *Deny, attack, and reverse victim and offender* (« Nier, attaquer, et inverser victime et agresseur »). L'existence de cet acronyme dit combien il est devenu banal de salir le nom de la victime. C'est une lesbienne frustrée, elle est moche et donc pas crédible, c'est une allumeuse arriviste, et j'en passe.

Le problème, bien sûr, c'est que je m'assimile davantage au grand salopard violeur qu'à la victime car je suis un homme. Je vois Weinstein comme un gros porc, mais je n'ai pas l'imagination suffisante pour me mettre à la place de Tristane Banon ou d'Asia Argento, ni la curiosité ni même le droit de le faire. Je suis « implicitement » dans le camp des méchants, et je combats cet état à ma manière. Par l'information. Par mon boulot de détective. Pas de temps à perdre sur les forums-cafés du commerce.

À chaque scandale je juge. J'ai peu de doute sur Morandini et ses castings chelous... Polanski, plus compliqué. Je le défendais jusqu'au jour où j'ai lu, dans *Le Parisien*, le témoignage de la photographe qui l'avait accusé de l'avoir violée, en bas des pistes de ski. Elle s'était réfugiée chez un ami commun qui corroborait ses dires. Mes proches, tous partisans de Polanski, m'ont dit « c'est une loseuse qui veut rebondir dans sa carrière ». Je me suis demandé pourquoi seul *Le Parisien*, et pas d'autres journaux plus pointus, alimentait le combat féministe. Il n'hésitait pas à traiter les soupçons sur des personnages médiatiques français. Ce quotidien est-il finalement plus intègre ou moins inféodé aux ex-révolutionnaires bien installés aux postes de pouvoir ?

Et puis l'effet de surprise a disparu. Je suis un mec, donc même si mon tribunal personnel agit, tout ceci me concerne de très loin, des types qui ont de vrais problèmes dans leur tête et des filles qui sont en bas des pistes au mauvais moment, c'est du fait divers. Chacun son combat. Je donne à WWF une fois par an. Voilà mon combat. L'Amazonie.

Revenons à James Franco. Lui aussi donc... Autre grosse erreur de jugement, je me dis, James Franco, c'est un beau mec. Sous-entendu : pas besoin de violer. Quel manque de psychologie ! C'est justement parce qu'un mec est beau qu'il peut choisir de pousser le vice, car il n'a pas besoin de la violence, le pouvoir est déjà de son côté. Je poursuis ma recherche, je tombe sur une fille sublime, chic, aux attaches fines et au regard ingénu d'une jeune Emmanuelle Béart, qui déclare que James Franco, son petit ami... attention là ! Son petit ami ! Donc pas de viol. Seconde erreur de jugement ! Et même si elle n'a pas porté plainte par amour, ce n'est pas pour ça qu'il n'a pas eu d'ascendant sur elle, d'autant plus qu'elle est comédienne, et lui, une star. Même s'il est tentant de dire : ah ! l'opportuniste ! Aux soirées de Bel-Air au bras de James, pendant qu'il discutait avec ses potes, elle pouvait rencontrer un producteur…

Mais en m'érigeant en juge, je me mets forcément en alternance à la place de l'homme que je suis et à la place de la victime femme, et ceci quand ça m'arrange. Soyons modestes, il faut accepter que l'homme ne puisse jamais comprendre, pour paraphraser le best-seller féministe de Deborah Tannen *You Just Don't Understand*.

Petit détour en Suède. Dans les minutes de ton procès, une des plaignantes a expliqué que c'est parce que tu avais curieusement imité ses cris de jouissance sexuelle qu'elle avait décidé de tout interrompre et de te faire une pipe. Tu as aussi été puni parce que ta domination allait jusqu'à te substituer à elle, en gémissant comme elle, en lui montrant que ses attributs pouvaient être les tiens, jusqu'à ses cordes vocales. Le mimétisme du vrai conquérant. Tu es allé trop loin et malgré un début de complicité, elle t'a refusé le vol de sa voix en initiant la fellation. Voilà. Si tu n'avais pas joint le chorus, toute cette histoire n'aurait jamais eu lieu.

Nous sommes toujours avec James Franco et sa petite amie magnifique. Ils sont dans sa voiture que je n'imagine pas décapotable – quand on est une star on n'a pas de décapotable pour ne pas être repéré –, et là, il se saisit de la tête de sa compagne et la plaque sur son sexe en érection. Elle, ce n'est pas son truc, et ça, c'est un problème pour lui.

James est un peu cramé, mais il s'en sort. Le problème est le pin's «*Time's up*» pro-MeToo qu'il exhibe fièrement aux Golden Globes, et qui le fait apparaître comme un gros hypocrite, et ça, l'Amérique n'aime pas du tout.

Et pourtant, je me surprends à juger personnellement que pour James Franco, les choses ne sont pas claires. Pourquoi? Parce que c'est un bon acteur. On considère tous ces cas d'hommes célèbres harceleurs ou violeurs dont on parle (les autres n'existent pas dans les médias) à travers notre goût artistique. Polanski, en France, on adore, alors on louvoie. Moi, j'adore Woody Allen, alors je me suis planqué derrière son acquittement par trois fois. Puis je me suis souvenu de mon amie Nancy-Jo à New York qui m'avait révélé qu'elle avait eu une relation épistolaire avec le réalisateur quand elle avait quatorze ans.

«Mais comment ça a commencé?

— Eh bien, j'étais précoce, je trouvais ses films cool, je lui ai écrit, il a répondu, et on a continué.»

Quand même, il y en a qui n'ont rien à foutre, à part jouer de la clarinette et draguer des mineures. Et enfin j'ai vu le documentaire accablant sur HBO. Donc Woody, pouce vers le bas. Ainsi de suite. Mon radar est plutôt un vieux périscope rouillé et analogique, son verre est rayé, et le sous-marin avance dans sa quête de la vérité au milieu d'un océan pollué par des arguments vaseux.

15.

La Femme sans Teste

J'entends que tu t'es réveillé, tu bouges dans la chambre, les draps bavardent. Je te rejoins et demande : « Es-tu triste ? » Tu réponds oui, puis : « C'est tellement injuste. »

Katarina Frostenson, *K*

Les recherches récentes ont montré que l'homme de Cro-Magnon a cohabité en harmonie avec l'homme de Néandertal pendant des millénaires. À la fin, l'homme de Cro-Magnon a prévalu, mais le Néandertal a tenu bon. Toi, tu es cette espèce en voie de disparition, et il ne faut pas t'accabler.

Tu te défends comme tu le peux. Tu te répètes. Une enquête est lancée. Tu iras t'expliquer là-bas, en Suède, même si, en tant que citoyen français, tu n'y es pas obligé. J'y vois plus ton entêtement à te croire innocent qu'une forme de courage. Mais je suis touché que tu me poses des questions sur ma vie, comme pour reprendre le cours normal de nos rencontres fraternelles. On discute un peu, puis tu ne peux pas t'empêcher de revenir sur ce qui te ronge. Il faut dire que les multiples interruptions dans notre conversation ne sont dues qu'à des appels téléphoniques te ramenant à ton identité de violeur. Au énième coup de fil, je m'échappe en te faisant un salut de la main. Sur le pont Louis-Philippe, j'éprouve un soulagement infini. Pourquoi devrais-je accompagner cette histoire ? Pourquoi ne pas te blacklister ? Parce que cette histoire est désormais notre histoire à nous tous, ses amis, qui étions aux premières loges, alors autant regarder le dénouement plutôt que de faire l'autruche.

Je l'ai déjà écrit ici, mon attachement à l'île Saint-Louis n'est pas neutre. Il me rassure. Comme l'écrivain Frédéric Vitoux, je connais si bien l'histoire de cet endroit que mon humeur se teinte de l'esprit des pierres. C'est une manière de me mettre en condition pour écrire. Ce jour-là, je passe par le quai d'Anjou, car je sais qu'à l'angle de la rue Boutarel m'attend la femme sans tête. « Sans Teste » est encore gravé dans la pierre. Au XVIIIe siècle, la « Femme sans Teste » était une taverne. Le nom était accompagné de la devise : « Tout est bon » (dans une femme sans tête). Une femme qui se tait et qui ne voit rien. Passive. Voilà. La femme du XVIIIe siècle, c'était ça. Heureusement, rue Boutarel au sud, c'est la Vénus noire, Jeanne

Duval, maîtresse de Baudelaire, qui règne. « C'était une fille de couleur, d'une très haute taille, qui portait bien sa brune tête ingénue et superbe, couronnée d'une chevelure violemment crêpelée et dont la démarche de reine, pleine d'une grâce farouche, avait quelque chose à la fois de divin et de bestial. » Une telle femme redonne une « teste » à celles de l'île.

Je longe l'antre de Georges Moustaki, le grand séducteur mort avant d'être inquiété par le changement d'ère. Quant à Proust, il a choisi ce territoire pour y loger le baron de Charlus, car le beau monde trouvait suspect d'y habiter. Ce jour-là, dans mon humeur noire, je pense à Henri Désiré Landru, enfant de chœur à l'église de Saint-Louis-en-l'Île, fils d'une blanchisseuse de ma rue. Mais le troll de l'île s'appelle Jean-Claude. Une fois que le rire atroce de Landru a cessé de résonner dans ma tête, j'entends ta voix derrière moi, plus vivant que jamais, tu m'as rattrapé pour me demander de te pardonner toutes ces interruptions téléphoniques. Je me dis, quelqu'un d'aussi bien élevé ne peut pas faire tant de mal…

16.

Moi aussi

Lequel d'entre nous ne risque pas la mort sociale ou même la prison pour avoir abusé du sexe opposé ? Parmi mes amis, je sais bien qui a fauté, même si je ne pense pas côtoyer de véritables violeurs.

De mon côté, je me creuse les méninges : mais non, j'ai toujours été respectueux des femmes. Je dois néanmoins avouer que j'ai pratiqué le *ghosting* avant l'apparition du terme et l'invention du portable. Étant assez libre de mon temps, je partais en voyage et disparaissais de l'existence d'une femme dont je n'étais plus amoureux. Cette lâcheté peut être considérée comme une forme d'agression.

Alors que je vivais à New York, je suis parti pour l'île de Patmos. On était en juin et je ne comptais pas revenir avant plusieurs mois. J'avais laissé un message sur mon répondeur téléphonique suggérant de m'écrire en poste restante. Je venais de relever mon courrier ce matin-là et j'avais trouvé la lettre d'une fille qui me demandait si elle pouvait me rejoindre en Grèce. Je m'installai à la terrasse du café Arion pour lui répondre que l'île ne m'appartenait pas, que je ne pouvais l'empêcher d'y venir, mais que… en levant la tête je la vis, là, devant moi, tout juste débarquée du bateau, sourire en cœur aux lèvres. Je n'avais pas mon mot à dire, je n'étais pas un armateur grec sur son île privée, Patmos est à tout le monde. Je ne me montrai pas très sympathique. J'avais refait ma vie à Patmos, à ma petite échelle, et je n'avais aucune envie de voir débarquer quelqu'un de mon univers urbain. Et puis cette fille m'irritait. Son jeu de pure New-Yorkaise alors qu'elle venait du Nevada, sa façon de dire aux Américains qu'ils étaient trop américains, son faux accent anglais, son ego démesuré. Et ce pote qu'elle avait ramené ! Lui, si fier d'être le fils d'un musicien connu aux États-Unis, Peter Duchin. Duchin, leur manière de prononcer ce nom à l'américaine (« Douchine ») agressait mes tympans désormais habitués à entendre la sensualité des mots grecs.

Nous sommes rentrés à peu près à la même date à New York, à la fin de l'été. L. et moi avions quelques connaissances en commun et j'ai été surpris d'apprendre ce qu'elle colportait sur moi. Loin de mon image de mec sympa, j'étais un salaud, selon elle ; je l'avais plaquée contre le mur rugueux d'une ruelle de Patmos et j'avais essayé d'« abuser » d'elle, pour utiliser un anglicisme si fréquent qu'il n'en est plus un.

Son mensonge m'a surpris. Je n'ai pas réagi, peut-être parce que tout le monde s'en foutait à l'époque. Tout au contraire, sa meilleure amie montra même un soudain intérêt à mon égard (c'était elle qui m'avait rapporté l'histoire). Personne ne chercha à savoir pourquoi L. colportait ces fables sur moi. J'étais gêné d'être pris pour ce *bad boy* que je n'étais pas car, soudain, je devenais « compliqué » aux yeux des filles, donc intéressant. Et plusieurs des copines de L. ont commencé à me tourner autour. Une génération plus tard, ce récit calomnieux m'aurait tué socialement. Voire plus.

Ayant été accusé à tort, je me suis toujours abstenu de participer à la curée. Parfois, néanmoins, quand ça touchait des amies, j'ai hésité à dénoncer quelques agissements. En particulier ceux des éditeurs auxquels je recommandais des proches. L'un d'eux avait plaqué contre un mur mon amie Sonia qui venait lui présenter son premier roman. Il l'avait serrée malgré ses protestations. Je n'en revenais pas. « Lui ? Comme ça ? À onze heures du matin ? » Ce type en complet veston, comment avait-il osé ? Et puis, est-ce qu'il croyait vraiment que je n'allais pas réagir ? Je me sentais moi aussi insulté par son manque de respect pour Sonia, car si la recommandation était venue d'un puissant, l'éditeur aurait réfléchi à deux fois. Sonia n'a pas pensé à porter plainte, de toute façon c'était parole contre parole, mais je ne voyais aucune raison pour qu'elle me bobarde. Et que dire de mon amie Natacha Henry, auteure de *Les Mecs lourds ou le Paternalisme lubrique* et de *Les filles faciles n'existent pas*? Je lui avais également recommandé un éditeur, lequel, pas gêné par le fait que son interlocutrice soit notoirement féministe, lui avait fait des propositions très lourdes. Je ne sus que dire quand Natacha me rapporta la scène, sinon que le type était idiot de viser une fille qui écrivait sur les violences sexistes. Je n'allai pas plus loin. Je m'en veux aujourd'hui de ne pas avoir été plus réactif.

Parole contre parole ! Rue des Trois-Bornes, il n'y a pas si longtemps, au cœur de la nuit, je rentre à scooter, je remarque une femme qui tape sur un petit vieux à terre avec le talon de ses mules. J'interviens, je l'écarte, elle hurle. Quelle hystérique ! Le pauvre petit papi... Elle est tellement choquée que j'ai du mal à comprendre ce qu'elle dit. Dans cette rue, à cette heure-ci, ça doit être une fille qui fait le trottoir... Et soudain, le type à terre laisse tomber de l'intérieur de son imperméable ce qui semble être un couteau de cuisine. Elle hurle : « Il a essayé de me violer ! » Ah ! Moi qui croyais...

Si j'avais été une femme, me serais-je rangé d'emblée du côté du papi ? Et toi, es-tu cet homme à terre ? Faussement désarmé ?

J'avais oublié ces histoires, elles réémergent soudain par grappes.

Il est facile d'accuser, mais est-ce qu'un seul homme, né dans la seconde moitié du XXe siècle, dans une capitale mondiale, ayant eu des opportunités sexuelles, peut se regarder dans la glace et affirmer : «J'ai toujours été nickel avec le sexe opposé»? Oui, bien sûr, mais il y a toujours des situations qui, jugées à l'aune de notre époque, nous font dire, ah oui, tiens dans ce taxi, en raccompagnant cette fille, je lui ai glissé qu'elle me plaisait ou que j'aimerais la revoir... Était-ce une agression? Le fait qu'elle accepte et parfois qu'elle soit même ravie, est-ce une marque de complicité? Et puis il y avait l'alcool, les drogues, qui rendaient le geste plus assuré...

Voici un extrait de l'article d'Emma Cline paru dans *The Cut*, pour illustrer ce qu'elle juge être une agression sexuelle :

«Le chef d'une organisation littéraire a sauté dans mon taxi quand je m'apprêtais à me rendre à Brooklyn après une fête. Il s'est approché de moi sur la banquette, alors que je regardais avec insistance à travers la vitre, j'allumais et éteignais mon portable, envoyant un SMS sans destinataire. Il m'a demandé mon numéro, sous-entendant que c'était pour des amis qui dirigeaient des magazines qui pourraient me publier. J'avais été publiée par le magazine dont nous venions de quitter la fête. Est-ce qu'il le savait et est-ce que ça l'intéressait? Je lui ai donné un faux numéro.»

Rien de plus. Et pourtant, le type sera classé quasi-violeur.

Un consentement signé pourrait-il régler si facilement le problème ? Quand le présentateur Patrick Poivre d'Arvor demande au préalable si « c'est OK de fermer la porte » et que son invitée dit oui, est-ce qu'elle se doute qu'elle signe un blanc-seing pour la suite, est-ce une preuve de sa bonne foi ?

Dans les années 1990, étudiant à Londres, je me retrouve par le hasard des rencontres nocturnes dans l'appartement de deux étudiantes françaises de l'école d'art Camberwell. Il s'agit plutôt d'un loft ; un groupe de rock indé répète dans la même pièce. Ambiance *Blow-Up*, donc. Je suis fatigué, mais je n'ai pas l'énergie de rentrer chez moi à Earl's Court. Je m'installe dans le lit et les deux filles me rejoignent à la fin de la répétition de leurs amis, nues et sans pudeur. Dans la nuit, je me réveille au contact d'un corps contre le mien. « Naturellement », j'ai une érection, et « naturellement », je pose une main sur une taille. Mais je ne vais pas plus loin car je comprends que la fille dort. Je laisse mon érection disparaître. Le matin, A. me prend à partie et me dit que J., sa copine dont les fesses étaient contre mon sexe, est fâchée. Je suis surpris. Je tente de me justifier :

« Mais J. était nue tout de même ?

— Alors c'est ça, si on porte une minijupe on doit se faire mettre une main ? ! »

J. ne m'en a pas voulu très longtemps. Quelques années plus tard, je l'ai croisée au Bouquet d'Alésia et elle m'a offert un ticket de métro mauve, le premier jour de leur mise en vente par la RATP (auparavant ils étaient jaunes). Comme un calumet de la paix du début du millénaire, attention subtile et que j'appréciai. J'ai longtemps gardé le ticket dans mon porte-cartes. Comme le personnage incarné par Montand dans *Le Salaire de la peur*, je le humais parfois quand j'étais exilé depuis des mois de la France. Est-il d'ailleurs normal que je me sois souvenu pendant longtemps de ce cadeau de J. et non de mon comportement limite avec elle ? Mémoire sélective. Si la mienne l'est, pourquoi pas celle d'autres hommes ?

17.

Hillarygate

On a des tomates, on a des... comment on dit en anglais déjà? Concombres, c'est ça, des concombres.

Hillary Baldwin

Pendant la tragédie du sous-marin russe, le *Koursk*, François Weyergans n'arrivait plus à écrire. Il restait accroché à sa radio pour connaître le sort des marins bloqués depuis des semaines au fond de la mer de Barents. Il devait pourtant finir un livre d'urgence, honorer un à-valoir important, mais plus rien ne comptait pour lui si ce n'est l'attente de nouvelles. Être pris dans un fait divers, ce n'est jamais neutre. Moi aussi, de temps en temps, je fais une fixette sur des nouvelles. Mais très rarement sur des faits divers, qui pourtant forment une excellente matière première en littérature.

En cette année où tous les regards ont été focalisés sur le coronavirus, parfois aussi sur des scandales d'incestes et de viols, je me suis arrêté sur l'*Hillarygate*.

Depuis son mariage avec l'acteur Alec Baldwin, Hilaria a une vie de rêve. L'ancienne prof de yoga est devenue une influenceuse très fière d'être la mère de cinq enfants d'âges rapprochés. Les sponsors affluent car elle est jeune, mignonne et incarne le nouvel idéal métissé des médias. Elle se présente comme une Espagnole de l'île de Majorque. Et si je dis «métissée», c'est que pour l'Américain qui vote Trump, l'Espagnol, c'est pas complètement blanc-blanc, c'est le cousin du Mexicain. En gros, tous dans la même *piñata*.

J'adore l'accent espagnol de Penélope Cruz quand elle parle anglais, très subtil, avec le débit accéléré au début de chaque phrase, quelque chose de nasal sur les voyelles, un ton enjoué, et une manière de retenir le «r» roulé. Hilaria reproduisait parfaitement cette intonation, en y ajoutant les gestes (supposés) des gens du Sud. Le problème, c'est qu'à la suite d'un tweet qui critiquait sa manière d'exhiber sa silhouette impeccable après la naissance de chacun de ses enfants (ce sont mes gènes, justifiait-elle), une vague de jalousie et d'antipathie s'est abattue sur la petite frimeuse. Les commentaires de trolls ont pris le relais, et l'un d'eux a écrit : «Combien de fois dois-je voir Hilaria se faire passer pour une Espagnole sans que personne ne réagisse?» Après quelques recherches, on s'est aperçu que Hillary Hayward-Thomas était en réalité issue d'une famille WASP de Boston, et que son seul lien avec l'Espagne était une villégiature familiale à Majorque. Le *New York Post* se lâcha alors avec une série d'articles d'une concision assassine et qui constituent une leçon de journalisme trash. Extrait :

« Chers amis new-yorkais : est-ce que nous sentons monter en nous une émotion étrange ? Est-ce que nous commençons à éprouver un peu de pitié pour le monstre enragé qu'est Alec Baldwin ? Comment une des voix libérales les plus affirmées peut-elle justifier que sa femme blanche essaye de passer pour espagnole ? Comment justifier l'offense grave connue par les adeptes de la culture "*woke*" sous le nom d'appropriation culturelle ?

"Oui, je suis une femme blanche, a admis Hilaria sur Instagram dimanche, d'une voix soudainement dénuée d'accent espagnol. Je suis vraiment, vraiment fière de ce que je suis." Et pourquoi pas ? Qui qu'elle soit, Hillary ou Hilaria n'existe que sur ou pour Internet. Alors après avoir posté sa fausse contrition dans une vidéo, on a eu droit à une photo d'une autre appropriation culturelle : celle où on la voit en train d'allaiter son dernier-né, l'air placide et reposée, les cheveux ramenés d'un côté pour révéler trois gros diamants à l'oreille droite. Une vie tellement parfaite, pas vrai ? »

Après cette première démystification, la machine à remonter le temps est aussitôt activée. On retrouve une émission de cuisine de 2016, où Hillary lance à propos d'un concombre, et avec une spontanéité parfaite : « Comment on dit en anglais ? »

À ce moment-là, je suis en pleine recherche sur les angles morts de ta vie, Jean-Claude, et, d'une certaine manière, ça m'aide à comprendre Hillary, elle a intégré son rôle à la manière d'une actrice du *method acting* qui « vit » son personnage.

Dans les articles, je ne lis aucun commentaire sur la qualité d'actrice d'Hilaria/Hillary, alors que c'est essentiel.

Cette histoire, comme tant d'autres, est révélatrice de la puissance d'Internet, qui surveille chacun et nivelle les ambitions, parfois avec des effets pervers. Le mensonge d'Hillary n'était pas bien méchant, la haine qui s'est abattue sur elle fut d'une intensité quasi physique. La jeune femme a été obligée de quitter les réseaux sociaux, perdant du même coup la possibilité de monnayer son image.

Tes mensonges remontent à une époque bien plus lointaine que l'*Hillarygate*. Mais comme elle, tu les avais si bien intégrés que tu es devenu ce que tu prétendais être. Comme l'écrit Paul Valéry : « Nous sommes ce que nous croyons être et ce que l'on croit que nous sommes. » Quand on persiste dans un mensonge pendant quarante ans, il devient vérité.

Ton père, Georges Pinkstein, a dû quitter sa ville natale, Paris, pendant l'Occupation. Il arrive à Marseille en 1942, accompagné de sa première femme, Esther, qu'il a épousée à Paris en 1939 et dont il a eu une fille.

À Marseille, il rencontre Jeanne Arnault, fille d'un cultivateur de Gironde, dont la seule profession connue est tailleuse de robes. Avec elle, ton père entame une relation extraconjugale, alors que le mari a disparu de la circulation (probablement expédié dans un camp de prisonniers en Allemagne). Lorsque celui-ci revient à Marseille après la guerre, tu es déjà né, le 15 août 1946.

Ce qui se passe ensuite n'est pas clair. Mais on peut en déduire que Maurice Arnault te reconnaît, puisque tu continues à porter son patronyme. Ton père biologique, Georges Pinkstein, parvient à te récupérer. Tu t'intègres – sans changer de nom – à ta nouvelle famille. Georges vit désormais avec Éliane, née Pelloux, qu'il épousera en 1951. Ton enfance est ballottée et marquée, entre autres, par l'arrachement à ta mère.

Tu habites près du stade Vélodrome, avec deux demi-frères et une demi-sœur. Quatre enfants nés de trois femmes différentes. Ton père Georges travaille dans le négoce de bois. Il se fait appeler de plus en plus souvent Georges Pink, et c'est ce nom-là qui est utilisé pour l'avis de décès paru dans *Var-Matin* annonçant la cérémonie au cimetière de Fréjus, le 20 octobre 2014. Dans *Reservoir Dogs* de Tarantino, le personnage louche de Mr. Pink joué par Steve Buscemi est celui qui s'en sort le mieux; de même Georges Pink est toujours retombé sur ses pieds au cours de sa longue vie.

Porter le nom de l'homme le plus riche d'Europe te fut parfois utile, oncle Bernard te suivait de loin, peut-être un jour passerait-il voir la boutique Vuitton de Stockholm et t'appellerait-il à l'occasion?

Être le seul de la fratrie à porter un patronyme différent t'a-t-il donné un sentiment d'illégitimité?

Tu n'hésitais pas à évoquer l'avion personnel de ton père, mais tu partageais moins volontiers ton expérience d'électricien sur des bateaux, t'attachant naturellement aux souvenirs heureux de ton enfance.

Selon tes dires, tu es arrivé à Stockholm après Mai 68, t'inventant un passé de flotteur sur les troncs d'arbres de papa; en réalité, ton frère Rolland (qui vit toujours à Stockholm) y avait déjà trouvé un boulot et tu l'as rejoint, ton CAP d'électricien en poche. Ou peut-être l'inverse. Pendant ton service militaire comme matelot de seconde classe (conduite satisfaisante), tu es domicilié à Stockholm. Curieusement, dans ton état civil, seul le nom de ta mère est mentionné à la case «Filiation», tandis que l'adresse des parents est celle des Pinkstein. Rejet de ta famille paternelle ou honte d'être tiraillé entre deux mondes? L'anonymat suédois t'aidera à flouter ton passé.

Quels que soient la raison et le timing de ta venue en Suède, ton coup de génie fut de parier sur l'art. En effet, chaque personne qui sort de sa condition et devient connue, même relativement, comme toi, a anticipé un phénomène de société sur lequel surfer habilement.

Oui, dans ta jeunesse, il était révolutionnaire de penser que l'avenir, l'argent et finalement le pouvoir appartiendraient au monde de la création. La conviction de Mallarmé, « Le monde est fait pour aboutir à un beau livre », ou celle de Guy Debord, « Ne travaillez jamais », semblaient un peu vaines pour leurs contemporains, alors qu'elles annonçaient ce que n'importe quel youtubeur reformule pour ses fans avec un vocabulaire de notre temps. Alors que tout Français de la classe moyenne, ton frère par exemple, cherchait un emploi solide dans la restauration, ton mauvais génie te soufflait que t'inscrire « dans » l'art constituerait une plus-value. Ton « profil culturel » vague, mais affirmé, qui dissimulait parfaitement ton identité, comme ta soif de monter sur la scène artistique ont fait de toi le vrai rejeton de Mai 68.

Tu as ferré quelques acteurs culturels, deux poissons-pilotes, le compositeur Fred Åkerström et l'artiste Olle Bonniér. Tu traînais avec eux au Drouant suédois, le Gyldene Freden (« paix dorée »), dont le premier étage est réservé tous les jeudis aux académiciens qui y discutent du prochain Nobel de littérature. En tant que rare Français présent à Stockholm, ton crédit était supérieur à celui des autochtones et tu en profitais.

Après les accusations des dix-huit femmes dans le *Dagens Nyheter*, quand ta mythomanie a commencé à transparaître dans divers articles de presse, je n'ai pas voulu accabler un homme à terre. Je suis plus pro-Hilaria qu'anti, je n'étais donc pas du genre à te suggérer de ne plus te cacher derrière tes mensonges. Mais je me suis dit que si tu exagérais sur ton passé, alors tu aurais pu aussi exagérer sur les faits dont on te soupçonnait. Mon entourage et les articles m'encourageaient à te rentrer dans le lard. Je m'y préparais. Je t'ai appelé, et on s'est retrouvés une nouvelle fois au Zèbre.

Ta mine est défaite, mais je ne vais pas tomber dans ton piège de la victimisation. Non. Fini, le gentil Basile.

Fort des informations que j'ai réunies, je m'apprête à t'interpeller d'une voix forte et assurée : «Jean-Claude, honnêtement, dis-moi tout !» Mais tu prends la parole avant moi.

«Tu te souviens de Benny Fredriksson ? Je t'ai parlé de lui. Il a été accusé de sexisme par tous les employés du théâtre de Stockholm. Il vient de se suicider en Australie. Pauvre Anne Sofie, c'est sa femme, la chanteuse Anne Sofie von Otter. Eh bien, tu sais, une enquête a révélé que sur les cent trente-cinq employés, pas un n'a répété ses accusations. En fait, le quotidien *Aftonbladet* a poussé les témoignages contre lui, et ceux qui n'allaient pas contre Benny ont été ignorés. Pas assez spectaculaires. Ça fait un scandale à Stockholm.

— Ah oui. Je comprends, je comprends.»

Je suis choqué par ce qui semble constituer un abus du nouvel ordre moral. Basile le gentil ne peut pas être le type qui aurait poussé quelqu'un au suicide. Je suis réellement décontenancé, tu m'as pris par surprise.

À cet instant, je veux te donner une ultime chance de te défendre. Je te conseille de ne pas rentrer en Suède.

Mais c'est oublier que tu n'es plus vraiment français. Depuis cinquante ans, tu es « quelqu'un » en Suède. Ton exotisme, ton bagout te valent de passer dans ton entourage pour un type élégant. « Chic », c'est le mot qui revient tout le temps dans les interviews à ton sujet. À Paris, tu es juste un vieux gars sympa. Même Horace Engdahl te regarde avec les yeux admiratifs qu'il posait sur Bob Dylan. Nul n'est prophète en son pays, et tu ne fais pas exception. Il faut se rendre compte que l'obtention de l'ordre de l'Étoile polaire est un achèvement incroyable pour un Français dont la seule contribution à la nation suédoise a été d'ouvrir une cave de rencontres artistiques, avec très peu de créations originales, plutôt des interprétations de classiques musicaux et des lectures. Il y a tes photos aussi, mais n'est pas Cartier-Bresson qui veut… Les Suédois t'en veulent soudain de n'être qu'un monsieur Tout-le-Monde en France, malgré tes prétentions. Leur naïveté n'en est que plus ridicule. Les Français, eux, ne se sont pas fait pigeonner. Lestés par la honte, les Suédois se montrent désormais impitoyables avec toi.

Lors de l'enquête, il sera démontré que Benny Fredriksson n'a pas ordonné à une danseuse d'avorter, mais juste exprimé le regret qu'elle ne puisse pas tenir le rôle prévu. Or, après le suicide de Benny, personne n'a démissionné d'*Aftonbladet*.

Noomi Rapace, l'actrice qui a joué l'héroïne féministe de *Millénium*, est intervenue :

«Je ne suis pas à vendre… mais il y a beaucoup de femmes qui jouent le jeu et grimpent l'échelle de cette manière. Je l'ai vu à mes débuts à Stockholm comme je le vois encore à L. A.» Ces quelques voix dissonantes, tu les chéris comme des oracles afin de convaincre le pays de ton innocence.

Tu «rentres» à Stockholm la semaine suivante.

18.

Goule

La sagesse du jugement consiste à élaborer des compromis fragiles où il s'agit de trancher moins entre le bien et le mal, entre le blanc et le noir, qu'entre le gris et le gris, ou cas hautement tragique, entre le mal et le pire.

Paul Ricœur

À Mykonos, j'avais toujours l'excuse de la jeunesse quand je draguais. Mais dans les années 1990, quand j'habitais à New York, ma timidité naturelle reprit le dessus. Déjà, une forme d'agressivité inégalée plombait la ville. On glorifiait Wall Street et ses excès, la ville était encore dangereuse, brancher une fille dans la rue était perçu comme extrêmement transgressif et j'étais sur mes gardes. Dans *Les Trois Jours du Condor*, Robert Redford sauve sa peau en enlevant Faye Dunaway dans la rue, laquelle tombe amoureuse de son kidnappeur, bien sûr. N'est pas Robert Redford qui veut. Entre un harceleur et un séducteur, il n'y a souvent qu'une question de physique, mais ça, on en parle peu.

Je ne dis pas que si tu avais eu la gueule de Redford, tu n'aurais pas été l'objet des mêmes accusations plus tard, mais la perception de la situation et ta défense en auraient certainement été changées. Dans un autre registre, quand les nonagénaires Valéry Giscard d'Estaing ou Pierre Joxe, avec leur gueule de vieux *clergymen*, ont été accusés de harcèlement, ils étaient tellement crédibles dans leurs dénégations qu'on ne pouvait que les défendre. Tête du client.

Quand j'ai débarqué à New York, je me suis fait un ami à la technique de drague extrême. Dans Central Park, il prenait au hasard la fille la plus éloignée possible de lui, de façon à ne pas en distinguer les traits, juste à s'assurer que ce n'était pas un homme. Il courait vers la femme, et une fois devant elle, quel que soit son physique, il entreprenait de la séduire. J'étais admiratif. C'était brut. L'amour à l'aveugle. Ou presque.

Je marche dans New York, sur East Houston Street précisément, en ce 9 avril 1998. Et je la vois. Une très belle jeune femme, la démarche magnifique, l'air sérieux, mais comme on le dit ici : « *Who needs a smile in New York ?* » Je vaincs ma timidité, l'aborde et lui propose un verre. Temps d'arrêt, l'instant clef, le regard. Elle me dit : « OK, pourquoi pas ?» Je suis extrêmement surpris et enchanté. Ce que j'ignore encore, c'est qu'elle est l'une des stars du féminisme américain. Elle a écrit *The Morning After*. Un titre magnifique pour un livre qui traite de l'état des femmes honteuses de leur nuit passée avec un inconnu. Dans les universités américaines, il ne faut pas considérer toutefois que tous les jeunes étudiants « abusent » des filles grâce à l'alcool, écrit Katie Roiphe, les filles ne sont pas toujours dupes et il ne faut pas les traiter d'idiotes passives.

Katie a fait la couverture du *New York Times Magazine*, un million et demi de lecteurs savent qui est cette jeune intellectuelle photogénique. Mais pas moi. Elle doit sentir mon provincialisme. En 1998, un auteur féministe, c'est un autre monde pour moi (on n'écrit pas encore « auteure » ou « autrice »). Je ne suis pas toujours en phase avec ma féminité, et peut-être que je suis atteint, comme tous les hommes, de cette tendance au *mansplaining*, cette façon un peu condescendante de s'adresser à une femme, surtout si elle est très jolie. Il est vrai que Katie est très discrète sur sa notoriété et que j'aime nos conversations.

Le lendemain, nous allons bruncher à Gitanes, le nouveau café du nouveau New York bourgeois-bohème. Et de quoi parlent de jeunes auteurs ? D'immobilier bien sûr, comme tout le monde, car Katie vient d'acheter son premier appartement.

Nous nous perdons de vue assez vite, j'ai senti que le flash de la rencontre a rendu impossible toute relation approfondie. Mais Katie Roiphe étant devenue un personnage public, je ne peux éviter de suivre son parcours de loin.

En novembre 2017, quand ton histoire explose en Suède, un autre scandale secoue les médias américains. La «*Shitty Media Men List*» est apparue. La liste des hommes merdeux des médias, c'est-à-dire les harceleurs. C'est une liste secrète et non signée. En anglais, on appelle ça le *doxxing.* En gros, ça consiste à donner anonymement les coordonnées d'une personne sur Internet. Dans un article publié par *Harper's*, Katie déclare alors qu'elle va révéler publiquement le nom du corbeau (ou probablement de la corbelle) afin de prévenir ce genre de rumeur qu'elle juge inadmissible. Car toute féministe qu'elle est, livrer n'importe qui à la vindicte populaire lui apparaît dégueulasse et même dangereux. Comme elle l'écrit, «croire toutes les femmes est idiot. Les femmes peuvent mentir. Je sais que c'est difficile de parler, mais je ne suis pas dupe. C'est une image très sentimentale de la femme... Je pense qu'il y a plus de consentements regrettés que ce que l'on veut bien admettre. [...] #MeToo est potentiellement un outil de valeur, qui peut être dévoyé quand les femmes s'en emparent pour dénoncer un message glauque ou des déjeuners très ambigus. Je ne pense pas que toucher le dos d'une femme justifie la une du *New York Times* ni la destruction d'une carrière.»

Roiphe prend pour exemple Lorin Stein, éditeur francophile qui a notamment traduit Houellebecq en anglais et qui a initié (avec l'aide de son amie française Violaine Huisman) la publication d'auteurs français confidentiels aux États-Unis. Mis en cause dans la «*Shitty Media Men List*», il finit par démissionner de la tête du prestigieux magazine *Paris Review*. Roiphe analyse les tweets de l'auteur(e) de la liste : «Tous les articles sur Lorin Stein précisent qu'il est mince et porte des lunettes, mais voici la réalité : il n'est pas si mince que ça. Il porte bien des lunettes, il est chauve et explose ses chemises sur-mesure faites avec les mensurations de ses quinze ans.» Comme le dit Roiphe, qui harcèle qui?

La suite de l'article est difficile à résumer, car il s'agit d'une prise de conscience subtile de la part de Katie Roiphe, je la cite *in extenso* : «Avec une amie, on buvait une camomille et elle me racontait des ragots sur Lorin Stein, certes fascinants, mais qui pouvaient être liés à une stratégie de sa part. "J'aime Lorin. Je n'ai aucun reproche personnel à lui faire." Elle me dit aussi qu'il a harcelé deux stagiaires des éditions FSG où il a travaillé avant le *Paris Review*, ce qui a donné lieu à une compensation financière discrète. Elle me livre cette information de manière tellement confidentielle que je ne prends pas le temps d'en douter, même si j'enseigne le journalisme : cette affirmation est-elle correcte?

Je suis entraînée par le feu de sa conversation. En vérité, quand je pense au véritable Lorin Stein, je pense à l'homme qui commente les textes de Rachel Cusk de manière si envoûtante que j'abandonne sur-le-champ toute autre lecture. Mais je veux faire plaisir à mon amie. Et comme nous sommes sous le choc de la nouvelle, nous sommes dans une sorte d'euphorie qui nous laisse le loisir de tout exagérer. C'est comme si on ne parlait plus de Lorin Stein, mais de ce qui nous révolte avec les hommes, la manière dont ils nous insultent, nous offensent, nous ignorent et nous maltraitent, la manière dont les belles femmes sont gratifiées et puis plus gratifiées. J'ai le sentiment de rejoindre un club, je ressens un sentiment de justice sociale, nous sommes engagées dans une cause importante.

D'après un porte-parole de FSG, il y a bien eu un "incident de comportement inapproprié" durant les années où Lorin Stein a travaillé dans la maison d'édition. Le porte-parole a réfuté l'idée d'une plainte ou d'un paiement secret.

Le lendemain, j'ai parlé à une amie journaliste de cette information surprenante concernant un paiement occulte de FSG. Est-ce que c'était vrai ? Elle a enquêté de manière approfondie, aucune trace de cette transaction n'apparaissait. J'étais dégoûtée de la façon dont j'avais colporté un mensonge sur une personne que j'aimais et qui ne m'avait rien fait. Qu'est-ce qui m'avait pris ? »

Roiphe a payé le prix fort sur Twitter. Elle s'est fait traiter de tous les noms, plus ou moins curieux d'ailleurs. « Merde humaine », « monstre de Stephen King, » « goule », ou « poubelle ».

Désormais, ne pas se ranger derrière les extrêmes rend vulnérable.

19.

Mytho

Les fantasmes de la presse sur des événements que j'avais vécus à tes côtés me suggéraient de faire très attention à cette affaire. Ta fête annuelle à Göteborg dans le cadre du Salon du livre était l'objet de toutes les rumeurs. On parlait de ta décadence. J'ai même lu le mot « orgie » sur *Flashback*. On aurait dit un compte rendu de bacchanale à l'Hedonism II, le célèbre hôtel de la débauche en Jamaïque. À l'automne 2015, tu m'as invité à cette fameuse soirée littéraire.

Göteborg est une petite ville cossue et prospère. Un Copenhague miniature. Même artère principale sans charme, dallée de granit, ponctuée d'enseignes H&M, Zara, de chaînes de cafés et de quelques chapeliers ou bottiers rescapés d'un autre temps. Les arbres sont rares dans ces villes du Nord, et pour trouver un semblant de vie, il faut se rendre dans les anciens quartiers ouvriers aux briques rouges, un peu trop nettoyées à mon goût, ou sur le bord de mer quand il fait beau.

Je dîne tôt, vers dix-huit heures, comme un local, dans l'ancienne halle aux poissons, avant de te rejoindre à l'hôtel Elite Park Avenue, où tu as réservé ta suite comme chaque année. Le carton d'invitation mentionne la maison d'édition Ersatz, car tu co-organises la soirée avec ses deux directeurs très pointus, Anna Bengtsson et Ola Wallin. Je viens en avance pour t'aider à la mise en place.

Dans un placard de la Junior Suite, on range rapidement les bouteilles de pomerol, livrées en quantité impressionnante. Il s'agit de rationaliser l'espace, je ne sais pas combien de personnes peuvent tenir ici. Un des premiers invités à se présenter est le secrétaire perpétuel de l'Académie suédoise, Horace Engdahl, qui s'adresse à moi dans un français irréprochable et vêtu d'un costume admirablement taillé. Son fils, chanteur d'opéra, l'accompagne, posture parfaite, portrait craché de papa, avec petites lunettes cerclées surannées. Par égard pour moi, tous deux parlent en anglais entre eux, cet artifice me gêne un peu, mais la vie publique n'a pas de secret pour eux et ils semblent aussi à l'aise que des demi-dieux descendus de leur Walhalla. Je suis plus habitué aux jeunes Danois malpolis mais plus relax. Engdahl, lui, connaît bien le Danemark, puisque le dictionnaire de l'Académie suédoise tient ses réunions à Lund, à une heure de Copenhague. Engdahl est interrompu par des auteurs suédois qui réclament son attention, et je m'éloigne.

Ne connaissant personne, je m'adresse à tous avec courtoisie. Tu es très occupé et je ne veux pas te déranger. Curieusement, ta femme n'est pas là, mais tu m'as dit qu'elle fuyait les mondanités. J'ai lu qu'à l'annonce de son élection à l'Académie en 1997, elle s'était cachée sous une table du Forum en attendant jusqu'au soir que les paparazzis quittent les lieux.

Une heure ou deux ont passé, et c'est à ce moment-là que je vois la soirée basculer. Je me souviens d'une femme, plus âgée que moi, qui s'accroche à mon épaule, davantage pour préserver son équilibre qu'en marque de sympathie. Elle divague en français d'écolier. Il est grand temps que je rentre. Je ne me sens pas vraiment à ma place ici, je n'ai rien à vendre en Suède, et la beuverie n'est pas mon truc. Je viens te dire au revoir mais, en hôte impeccable, tu portes une bouteille de vin d'un air concentré et tu te contentes de m'adresser un bref signe de tête. Je marche tranquillement vers mon auberge de jeunesse, il n'est même pas vingt-trois heures.

Le lendemain, j'ai rendez-vous au Salon du livre pour lequel tu m'as donné un badge d'entrée. Cette année-là, quelques éditeurs ont boycotté l'événement après qu'une maison d'édition d'extrême droite a obtenu la permission de tenir un stand, mais l'organisation du salon n'a pas le droit d'empêcher le pluralisme puisqu'elle reçoit des subsides publics. L'ambiance est électrique et quelques voitures de police surveillent les abords du salon.

Le hall d'exposition est presque aussi grand que celui du Salon du livre de Paris, de nombreux cafés littéraires et musicaux sont annoncés. Les éditeurs d'Europe de l'Est et des pays Baltes sont multiples, ce qui donne une dimension internationale au marché. Tu me rejoins avec ton entrain habituel, ton allure de jeune homme nerveux accentuée par ta petite taille. Je te demande comment s'est déroulée la fin de la fête. J'utilise le mot «fête» qui est le tien, mais «cocktail littéraire» me semblerait mieux convenir. «Super, merci d'être passé. Tu sais, à deux heures du matin, quand tout le monde est parti, je suis descendu et il y avait une jolie fille au bar. Je l'ai amenée dans ma chambre et on a baisé.»

Je ne dis rien, mais je ne te crois pas. Comme je ne t'ai pas cru quand tu m'as dit un jour que tu avais emballé une Norvégienne draguée à la hussarde en ma présence dans un café parisien. Une fille très belle et très jeune, designeuse de mode et habitant à Los Angeles, de passage à Paris pour la Fashion Week. Le lendemain, tu m'as appelé pour me dire que ça s'était fini dans ton lit. Il ne s'agit pas de te sous-estimer. Tu la fascinais certainement, mais j'ai des doutes sur le fait que tu aies conclu le soir même.

Aujourd'hui aussi, tu as une manière clinique, assez vulgaire, pas du tout poétique c'est certain, de dire que tu as baisé avec cette fille de l'hôtel.

Elle était seule. S'agissait-il d'une escort? J'en doute, je suis persuadé que ce n'est pas ton « truc ». Ce qui t'excite, c'est le défi de la conquête, pas d'évacuer une envie passagère.

J'acquiesce à tes propos sans demander de détails. Je ne parle jamais de sexualité avec mes amis, c'est un sujet qui ne me regarde pas. Là-dessus je suis assez *old school*, j'ignore pourquoi.

Aujourd'hui, repensant à cette conversation à Göteborg, je me demande si tu te contentais de tes conquêtes réelles ou si tu te sentais obligé de remplir ton tableau de chasse d'aventures inventées que ton ego réclamait. Mentir sur une conquête, n'est-ce pas d'une certaine manière violer virtuellement une femme qui a choisi de ne pas être avec toi? Je pense alors au *shadow smoking*: des fumeurs de crack qui ont tellement besoin de leur dose qu'ils peuvent ramasser un mégot dans la rue faute de drogue, et l'endomorphine alors déclenchée par le placebo fait le reste. Comme toute personne construite sur des sables mouvants, tu dois multiplier les performances, en flux tendu. C'est le propre des queutards : ce n'est pas l'identité des femmes, l'essentiel, mais le rythme qui les maintient en vie, comme les requins qui s'asphyxient s'ils restent immobiles. L'artiste a un moteur hybride en lui, et quand les sentiments sont à sec, la création prend le relais. Mais tu n'es pas un artiste et tu as besoin de fuel en quantité.

Plus dangereux, prendre tes désirs pour des réalités perturbe peut-être ta vision de ce qu'est un viol. Est-ce que tu confonds tes agressions avec des scènes de partage ? La différence entre viol et sexe *hard* peut être ténue. Dans les viols pour lesquels tu es poursuivi (sur la même personne), ta partenaire était, semble-t-il, partante pour un rapport sexuel mais, rapidement, tu t'es projeté dans une mauvaise fiction solitaire. Ta main, qui a retenu sa tête sur ton sexe, n'a pas tenu compte du dialogue sexuel.

Car dans l'affaire du « profil culturel », l'élément sadomasochiste n'est jamais évoqué. Tu n'as jamais caché ton goût pour ces pratiques. D'ailleurs, c'est parce qu'elles sont acceptées, banalisées, qu'elles ont à peine été évoquées par la presse ou lors de ton procès. Certainement de peur de laisser ta défense les brandir pour te disculper. Une fois, tu es venu dîner chez moi accompagné d'une magnifique jeune femme suédoise aux jambes interminables. Tu m'as glissé à l'oreille qu'elle était adepte de la fessée et de la cravache mais, quelques mois plus tard, pour une raison que tu ne précisais pas, tu étais en guerre contre elle.

Dans le SM, il y a la notion de *safe word*, c'est-à-dire un mot de passe choisi par le ou la partenaire soumis(e) et qui signifie « on arrête le jeu ». L'existence même du *safe word*, la manière dont il est codifié, lui donne une importance supérieure à sa fonction. Dans le fond, il a été créé pour que l'on imagine la possibilité de l'ignorer, de passer outre.

Toi, tu sais si tu n'as pas violé, une fois, deux fois, dix-huit fois. Et puis à force d'ignorer les *safe words*, qu'ils soient prononcés ou non, ou encore signifiés par un regard de panique, t'affranchir des limites est probablement devenu ton truc, mais quelle que soit la façon d'éviter le sujet, ton truc porte un nom, et ça s'appelle un viol.

Dans un témoignage récent et sans détour sur la chaîne scandinave Viaplay (*The Prize of Silence*), Emilia Engblad Béranger, que je reconnais comme la fille avec qui tu es venu dîner chez moi, analyse ton emprise :

« En même temps, j'étais son assistante. D'une certaine manière, c'est comme ça, mon travail consistait à garder mon corps prêt. Prêt pour le sexe. J'effectuais des exercices, m'entraînais et préparais le corps au combat. Si ça faisait mal ou était problématique, c'était ma faute. C'était que j'avais échoué et que je m'étais mal préparée. S'il n'y avait pas de résistance, il n'y avait pas de violence. Si je lui disais quelque chose ou si je mettais des limites, il devenait violent. Il pouvait dire que j'étais une pute, lancer que je n'avais jamais été à lui. Mon corps était le sien. En fin de compte, il était plus simple d'en finir. La capacité de contrôle n'était plus liée à mon corps. »

Grâce à l'aide de son frère, ta maîtresse a trouvé le courage de fuir et de tourner la page. Quand je te demanderais quelques mois plus tard ce que devenait cette jeune femme, tu répondrais que vous étiez fâchés ; je sentais la rage en toi, mais je n'imaginais pas que la fuite d'Emilia t'avait contrarié à ce point.

Ta violence envers les femmes était personnifiée par deux petites poupées Barbie, nues, « customisées » d'une corde nouée autour du cou, laissées négligemment dans un coin du Forum. Cécilia, ton assistante, trouve ces poupées sinistres dans le documentaire sur Viaplay. Un jour, elle les brandit, narquoise, devant les autres employés, mais d'un air blasé, ils lui répondent que ce sont les poupées du patron. Elle les repose où elle les a trouvées, un peu inquiète et dégoûtée, mais sans vraiment penser que ces Barbie peuvent prendre vie en dehors de tes fantasmes.

20.

Nobel

La vedette de la soirée était Pablo Neruda. [...] Au bout d'un moment, quelqu'un demanda où était passé l'invité d'honneur. Après une assez longue recherche, on le trouva dans un coin sombre, à la poupe du bateau, l'oreille collée à une radio. Il attendait une nouvelle de Stockholm. Il l'avait eue, mais au lieu de le concerner, elle parlait de Miguel Asturias, un romancier qui était non seulement d'Amérique latine, mais en plus du Guatemala. Nécessairement une offense pour n'importe quel Chilien. Mais pire encore : les membres de l'Académie suédoise avaient du coup épuisé pour longtemps leur contingent ibéro-américain. Tout le monde s'efforça de réconforter le poète, mais finalement il fallut appeler un médecin urgentiste pour soigner son malaise. L'ambiance de la joyeuse party était irrémédiablement gâchée. Tout le monde prit son manteau et rentra chez soi.

Hans Magnus Enzensberger, *Tumulte*

Le prix Nobel de littérature exerce une force d'attraction indémodable qu'on mesure au fait que, discrètement, des auteurs du monde entier sont toujours disponibles pour aller à Stockholm rendre visite à tel juré ou tel poète local, comme Katarina Frostenson.

La Suède est le pays où la proportion de livres traduits est la plus importante du monde (60 %), bien avant le Portugal (30 %). Pourtant, comme dans tous les pays scandinaves, la plupart des adultes parlent assez bien l'anglais pour lire cette langue dans ses éditions originales. Sans compter que la population lit peu. Mais voilà, un seul mot, le mot magique, justifie cette débauche de traductions : le Nobel. Le prix Nobel permet non seulement d'installer un auteur dans la conversation du petit milieu lettré de la capitale suédoise, mais aussi, si l'on est traducteur, de se garantir de bonnes fins de mois. Göran Malmqvist a ainsi fait la retape pour son poulain Mo Yan, écrivain officiel du régime chinois (il est membre du Parti communiste). Combien était-il payé pour traduire et publier dans sa petite maison d'édition ces pavés soporifiques? L'empire du Milieu a-t-il débloqué une somme importante? Nul ne le sait. En tout cas, la Chine a joué un beau coup avec Mo Yan et son prix Nobel de littérature, faisant presque oublier le Nobel de la paix de Liu Xiaobo deux ans plus tôt.

Le fonctionnement du prix Nobel de littérature est entouré de discrétion. Les dix-huit membres de l'Académie se réunissent chaque jeudi à l'étage du restaurant Den Gyldene Freden et discutent de manière informelle les propositions qui émanent de nombreux pays. Ils payent des traducteurs et des chercheurs pour compléter leurs propres lectures. Les langues de travail sont le suédois, l'anglais et le français. Quelques fausses pistes sont lancées pour contrer d'éventuelles fuites.

Au cours de l'année, les doutes sur le talent de certains auteurs deviennent des certitudes, et d'autres écrivains sont mis hors-jeu sans raison. C'est le lot de tous les prix, comme en France, le prix Goncourt. Quelques critères de sélection ont émergé au cours des dernières décennies : on ne couronne pas quelqu'un de trop âgé (*bye-bye* Annie Ernaux) ni de trop jeune ; le lauréat doit avoir été sélectionné au moins trois fois par le jury du Nobel ; il doit avoir publié récemment ; trop de scènes érotiques et de mauvaises manières sont malvenues (*bye-bye* Michel Houellebecq.) Récemment, la forme romanesque n'a pas les faveurs du jury, peut-être en miroir d'une vague littéraire dominante.

Comme la langue suédoise est peu parlée et que les membres de l'Académie sont par définition « académiques », et donc rasoirs, le monde extérieur ignore tout de leurs écrits. Mais de nombreux éditeurs étrangers se montrent intéressés par la traduction de leur œuvre. Ainsi, encouragé par une presse dithyrambique, j'ai lu *Gentlemen*, roman du juré Klas Östergren, ignorant que ce dernier était membre de l'Académie. Ce qui est habituel pour la Suède, c'est de fonctionner sur des règles affinées et intégrées au fil du temps.

Au début de l'automne, une *short list* est constituée, avec obligation pour les jurés de lire plusieurs ouvrages de chaque auteur. Chacun est affublé d'un pseudonyme pêché dans un livre de la bibliothèque de l'Académie afin de garantir son anonymat dans les correspondances entre jurés. Le premier scandale date de la parution des *Versets sataniques* de Salman Rushdie. Certains jurés poussaient pour un prix à valeur de symbole, les autres ne jurant que par la littérature détachée de l'actualité.

Tout ce consensus vole en éclats à cause de toi, dès la parution de l'article du *Dagens Nyheter*. Tout à coup, les acteurs de l'Académie suédoise deviennent fous à l'idée de se trouver projetés sur le devant de la scène, hormis l'influent Horace Engdahl et la présidente, en 2017, Sara Danius. Elle projette son féminisme par des tenues ultraféminines, talons vertigineux et cravates lavallières surdimensionnées sur des chemisiers de soie aux couleurs florales, et combat sans hésitation le *bad boy* Horace Engdahl, le « mâle blanc de plus de cinquante ans » aux pantalons en tire-bouchon et aux chapeaux de feutre qui signent son classicisme.

Tes actes contraignent les académiciens à sortir de leur zone de confort (ce que tout auteur est censé faire), et s'ensuit un bal de lâchetés, de retournements, de coups bas. La vraie vie, décrite dans les vrais livres des jurés, se joue désormais comme dans une pièce de théâtre immersive.

Il y a les pro- et les anti-Arnault. Peu à peu, tu passes d'enjeu à prétexte, et de nombreux chantages suivent. Une fois que les liens ont été rompus avec toi, le débat se recentre sur Katarina, sommée de répondre à la question délicate qu'elle s'est efforcée d'esquiver. Victime ou complice? On ne peut pas la forcer à quitter l'institution. Il faut qu'elle parte d'elle-même, poussée à bout, mais elle tient bon. Non pas qu'elle soit si solide que ça ni qu'elle souhaite s'accrocher à tout prix à son pouvoir, mais, petit détail, elle n'a pas de revenus alternatifs (excepté la vente ultra-confidentielle de ses recueils de poèmes) ni de fortune familiale. Vous êtes propriétaires de la moitié du Forum, les recettes des boissons sont substantielles, ce sont les subsides de l'Académie qui payent vos innombrables voyages et courses en taxi. Vous êtes logés presque gratuitement. Si on vous retire ces privilèges, il reste à peine de quoi vivre pour deux personnes âgées. La Suède a tourné la page de la social-démocratie et il n'y a plus de retraite plancher. La résistance de Katarina à démissionner se révèle surtout un moyen de négocier une rente, ce qui est accordé non sans protestation de certains jurés.

Maladroitement, Sara Danius mandate un cabinet d'avocats pour une enquête interne et pour mettre de l'ordre. Sans en avertir ses collègues.

Elle-même est fragilisée par l'apparition d'un cancer qui l'emportera peu de temps après, à l'âge de cinquante-sept ans. Sa maladie n'empêche pas son éviction de l'Académie suédoise, cette éviction étant la condition pour virer Frostenson aux yeux du clan des Horace.

Le roi Carl XVI Gustaf est bien embêté. Au début, même si on devine que sa sympathie naturelle va vers les pro-Arnault, il ne veut pas trancher. Mais une manifestation pour sauver la soldate Danius a lieu sur une grande place de la ville. Des milliers de femmes sont venues, arborant la fameuse lavallière de la présidente de l'Académie, symbole inversé de la coquetterie comme arme féministe médiatique. La reine, qui a avalé pas mal de couleuvres avec son mari, et la princesse, qui a senti ta main insistante sur ses fesses quelques années auparavant, sont de la partie. Le roi réticent finit par taper du poing sur la table. Il dit aux académiciens : « Il suffit ! Soit vous rétablissez l'ordre, soit je saborde l'Académie. » Entre-temps, la mort précoce de Danius et le parachute doré de Frostenson ont calmé les esprits.

Pour retrouver un peu de sérénité, le jury Nobel veut du temps. Le 4 mai 2018, à la stupeur du monde entier, l'Académie annonce l'annulation de la remise de prix annuelle.

Profitant de cette crise, un prix Nobel alternatif est créé par une organisation internationale avec, sur sa liste, quelques-uns des noms d'écrivains que la presse juge injustement snobés. Le jury, qui allie public et librairies suédoises – la touche légitimiste –, s'autoproclame « nouveau prix académique de littérature », dont le nom pompeux souligne la moquerie contre l'élitisme du Nobel. Maryse Condé est élue contre Kim Thúy, Neil Gaiman et Haruki Murakami. Ce dernier, certainement horrifié à l'idée d'être disqualifié du vrai Nobel pour lequel il s'est battu toute sa vie, décide dans un communiqué de « se concentrer sur l'écriture à l'abri des médias et de ne pas être dans cette sélection ». La course au Nobel empêche bien des écrivains de se concentrer sur leur œuvre, mais il se garde évidemment d'en dire un mot…

Voilà comment, en deux nuits de violence sexuelle, tu as mis à genoux le plus grand prix littéraire du monde. Même l'écrivain provocateur Stig Larsson doit t'envier cette manière de taper du pied dans la fourmilière.

21.

Stig et Stieg

En Suède dans les années 1950, deux bébés naissent dans la même région de Västerbotten, à un an d'intervalle. Ils s'appellent tous deux Stig Larsson. Pas pour longtemps car, dans les années 1970, l'un des deux, le plus modeste en apparence, va ajouter un « e » à son prénom. Il y a donc un Stig Larsson et un Stieg Larsson, et désormais les chemins des deux hommes ne se croiseront plus.

Une génération plus tard, on connaîtra le vainqueur, et ce ne sera pas celui que l'on croyait.

Les deux ne se fréquentent pas, mais émigrent dans la capitale en même temps. L'un est blond platine et se réinvente en personnage flamboyant et bruyant. Je l'appellerai Stig le Jaune, comme on disait Erik le Rouge (roux) ou Harald à la dent bleue (dents pourries). À l'instar d'un salonard français de la Belle Époque, Stig le Jaune s'attable quotidiennement à la brasserie centenaire Prinsen, avec deux complices. Ils sont parfois rejoints par de belles filles et de jeunes intellectuels, ils refont le monde comme à La Coupole ou à la brasserie Lipp. Paris n'est jamais loin dans leur esprit, Derrida, Blanchot et Jean-François Lyotard sont leurs prophètes, et l'un de leurs amis est français. Il porte ce prénom tellement typique de l'Hexagone : Jean-Claude. La présence de ce dernier protège leurs débats de tout soupçon de provincialisme.

L'autre Larsson restera toujours un peu cul-terreux, en tout cas, il ne se réclamera pas de ce qu'on peut appeler la bande du Nobel. Prinsen n'est pas le genre de restaurant où il irait, et puis il travaille tellement à démasquer les forces obscures du pays, les nazis et les anti-femmes, qu'il n'a pas le temps de boulevarder. Il agit sur le monde tel qu'il est, et le monde n'est pas joli.

Le premier roman de Stig le Jaune, *Les Autistes*, est un assemblage de textes écrits en mode « écriture automatique », un fatras sans queue ni tête qui devient pourtant culte et l'installe pour quelques décennies dans une position de grand auteur.

Il trône sur Prinsen, tel un existentialiste français de l'après-guerre, avec ses deux acolytes. Son ami Horace Engdahl est plus raffiné que Stig, plus intellectuel, mais n'a pas son côté rock'n'roll. Le troisième larron, c'est donc toi, le passeur d'idées françaises, l'ex-révolutionnaire exilé qui explique à voix forte comment fabriquer un cocktail Molotov. Mai 68 devient le lieu de tes faits d'armes, ta grande bataille, que tu racontes avec des trémolos dans la voix, comme un poilu décrit les tranchées, alors qu'il est désormais avéré que tu étais absent de Paris à ce moment précis. Tu es déjà touché par la FOMO (*fear of missing out* ou «peur de ne pas en être»), qui construira ton identité. Et ta FOMO est rétroactive.

Il est tentant de prétendre que tu étais bien là, avec eux, et que tu as arraché le mégaphone des mains de Daniel Cohn-Bendit (regards admiratifs).

Peut-être n'aurais-tu pas tenu le cap de la mythomanie aussi longtemps si tu n'avais pas trouvé en Katarina une alliée de choc et, d'après ses lecteurs suédois, de talent. La notion de «*power couple*» prend tout son sens ici. Et bien que tu aies dit qu'elle te devait en partie sa nomination au jury de l'Académie, sa froideur et sa rigueur vont conférer à votre couple une aura sans égale.

Dans ta jeunesse, en Suède, tu as réalisé un court-métrage d'avant-garde qui mettait en scène des femmes très sexuelles, dans l'esprit d'un cinéaste alors à la mode à Paris, Andrzej Żuławski.

Après le cinéma, le théâtre, la photographie, le monde des lettres t'a accueilli. Malgré ce qu'en disent les ronchons, la littérature, c'est souple, peu coûteux à mettre en œuvre, un peu secret, et puis en Suède, il y a les cinq lettres NOBEL qui scintillent symboliquement à Stockholm, comme HOLLYWOOD sur une colline californienne.

Avec les futurs membres de l'Académie, Horace Engdahl et Anders Olsson, Stig le Jaune lance le désormais mythique *Kris* («crise»), magazine culturel postmoderniste qui présente des penseurs français contemporains à un public suédois averti. La *French Theory* est déjà en perte de vitesse dans l'Hexagone. Et, toi, Jean-Claude, tu n'y crois peut-être qu'à moitié, mais débattre autour d'un pomerol du phallogocentrisme de Derrida, c'est un plaisir décadent que tu t'accordes volontiers, pour compenser la froideur protestante du royaume de Suède.

Puis récemment, comme dans un vieux mythe suédois, surgit dans le paysage un troll que Stig le Jaune n'aurait pu imaginer. Il s'appelle Karl Ove Knausgård, et cet écrivain norvégien est immédiatement célébré comme le Proust du XXIe siècle. Pour Stig et ses ambitions internationales, c'est le coup de grâce. De manière vacharde, Engdahl écrit de son ami : «Stig a toujours voulu être Stig, et rien d'autre», mais il sait que Knausgård et Houellebecq sont les auteurs que son pote aurait rêvé d'être.

Stig Larsson se considère comme un génie et s'est déclaré à plusieurs reprises particulièrement apte à décider de ce qu'est la qualité littéraire et à découvrir d'autres génies – implicitement des hommes. «Il y a si peu de génies féminins», a-t-il lancé lors d'un débat très médiatisé sur le culte du génie masculin.

Si je retrace ainsi le parcours de tes amis, c'est pour montrer que tu n'étais pas un loup solitaire, mais que l'environnement machiste était ton quotidien. Sans excuser ta déchéance, cette atmosphère a certainement perturbé ta perception des limites et tu as fini par les transgresser. En 1998, Stig le Jaune déclare dans un magazine qu'il est normal que tous les hommes veuillent séduire les filles de treize ans, même s'il nuance en ajoutant «les filles de treize ans aux formes féminines». Son étoile s'étiole à partir de ce moment-là.

Mais ce serait considérer que Stig peut encore être un personnage public, alors que toi, son petit Robin, tu as foutu toute la carrière de Batman-Larsson et de Superman-Engdahl à terre.

Horace Engdahl n'est pas plus tendre avec les femmes que les autres membres de votre cénacle quand il déclare : «Dans le for intérieur d'un jeune homme, il n'y a de place que pour une chose, lui-même. Le for intérieur d'une jeune femme est vide, il n'y a même pas de place pour elle-même. Elle est assise en dehors et attend que quelque chose la remplisse.» Ou alors, se cachant derrière son double romanesque Mahuro, dans son livre *Le Dernier Porc*, il annonce : «Il n'est plus possible d'être audacieux en compagnie des femmes. C'est une restriction aussi drastique que si un cheval n'avait pas le droit de galoper, à tout prix ne pas galoper ! Mahuro continue sa promenade parmi les jeunes filles de Stockholm, prudemment, d'un pas lent, pour qu'elles puissent donner leur accord.» Ou encore : «Quand Mahuro entend le nombre croissant de voix féminines à la radio, il pense : "Ici, parle la puissance occupante !" Mais leur ton gonflé indique de la nervosité. Peut-être ne contrôlent-elles pas tout le pays même si elles veulent en donner l'apparence ? »

Misogyne ? Non, d'après lui. « Un misogyne, dit Mahuro, est un homme qui aime les femmes. S'il ne les aimait pas, elles ne l'irriteraient pas autant. »

Évidemment, dans les déclarations de Larsson et d'Engdahl, il faut intégrer une grande dose de provocation. Le Mahuro d'Engdahl veut se détacher de la doxa ambiante, mais tout de même, les déclarations de tes deux amis montrent qu'ils se tenaient sur la défensive pendant que toi, moins connu donc moins exposé, tu continuais sans hésiter à porter tes estocades de Don Juan.

Les attaques contre la misogynie de votre petit groupe auraient pu intervenir plus tôt mais un autre front est ouvert quand Engdahl déclare à l'agence américaine A. P. (propos repris par *La Croix*, le 6 octobre 2014) : « L'Europe est encore au centre du monde littéraire. Les États-Unis sont trop insulaires et isolés, ils ne traduisent pas assez et ne participent pas au dialogue des littératures. » Ces quelques mots provoquent un tollé mondial, Engdahl semble rayer d'un trait de plume les éternels perdants du Nobel, Philip Roth et Joyce Carol Oates.

Comme dans beaucoup de domaines, l'Amérique ne peut être ignorée. Il ne s'agit pas que de littérature, mais d'investissements. Deux ans après cette déclaration, Bob Dylan reçoit le prix Nobel, contre toute attente. C'est une manière de neutraliser les accusations d'élitisme et d'antiaméricanisme qui se multiplient contre l'Académie.

Éloignons-nous de ces hautes sphères, et revenons aux Larsson. À l'autre Larsson, Stieg, l'auteur du best-seller mondial *Millénium.*

Depuis *La Plage* d'Alex Garland, je n'ai jamais vu autant de voyageurs du monde entier lire le même bouquin. C'est d'ailleurs dans la boîte à livres d'une auberge de jeunesse que j'ai trouvé un exemplaire de *Millénium* et, comme tous les lecteurs, j'ai été happé par cet univers qui décrit la face sombre de l'élite suédoise aux manettes du pays.

À l'origine, Stieg Larsson avait intitulé son livre *Les hommes qui n'aimaient pas les femmes* afin de bien montrer quel était le sujet central de son œuvre. Pour l'auteur, il était important d'établir contractuellement son soutien au combat des femmes pour l'égalité, et son éditeur, à contrecœur, accepta que le premier volume porte ce titre. Mais cette clause ne couvrait pas les traductions. Les Américains ont donc imposé *La Fille au tatouage de dragon*, titre bien plus commercial. Ils peuvent se vanter d'avoir contribué au succès planétaire de la trilogie, tout en effaçant la primauté du message de Larsson contre la misogynie, pas du tout à la mode en 2011.

En effet, une des caractéristiques de la trilogie réside dans le fait que tous les méchants sont des hommes. Quelques femmes seulement sont antipathiques. Larsson veut révéler une réalité : il existe des hommes qui n'aiment pas les femmes.

À la mort précoce de Larsson, son père et son frère ont négocié une suite à la trilogie *Millénium* avec David Lagercrantz, un auteur aux antipodes du parcours intellectuel et social de Larsson. Lagercrantz, issu d'une famille illustre d'écrivains et d'aristocrates, n'a jamais éprouvé la même fièvre de réussite au mérite que Larsson. Son traitement des femmes est à l'opposé de celui de Larsson, bien plus en phase avec l'homme bourgeois de sa génération.

Dans la suite de la saga, Lagercrantz fait ainsi du personnage de Camilla une méchante stéréotypée. Elle est belle et utilise sa beauté pour manipuler les hommes. Contrairement à la mémorable et iconique Lisbeth de Stieg Larsson, la Camilla de Lagercrantz est cruelle. Quand elle se venge contre sa sœur, elle se montre génériquement, et même génétiquement, sadique.

Cette femme hypersexualisée, qui aurait affligé Larsson, ne connaît rien à l'informatique – à l'inverse de la Lisbeth de la saga d'origine –, elle est juste bonne à manipuler des hommes. Pire, Lagercrantz justifie son côté « salope » par le fait que l'on a abusé d'elle dans son enfance.

Face aux critiques récurrentes qui dénoncent sa trahison de l'œuvre-mère, Lagercrantz se défend comme il peut : « Ça m'a vraiment surpris, on a vu des *James Bond* [écrits par d'autres auteurs], mais on me tombe dessus. »

Millénium est une affaire en or alors que le message du Stieg idéaliste est démonétisé.

22.

Bob

En 2016, Dylan est élu puisque l'Académie veut faire profil bas après les accusations d'élitisme eurocentré. Toi, tu passes de plus en plus de temps à Paris. Il ne faut pas oublier que ta force, c'est l'axe Stockholm-Paris, le Vieux Monde. Mais ce qui libère les Nobel de cette emprise européenne, c'est le *tsundoku*.

Le *tsundoku* (en japonais, «pile de lectures») est une forme de névrose, celle qui consiste à acheter des livres sans les lire. C'est un phénomène assez répandu, lequel rassure et déprime, selon qu'on est libraire ou auteur.

Le livre devient alors un outil superficiel de plaisir et de savoir. Pourquoi pas? Mieux vaut lire peu de bons livres qu'engranger beaucoup de fausses valeurs imposées par l'école. Mais qui sait encore ce qui a de la valeur? Et quelles sont les valeurs de l'Académie suédoise? Dès lors, les noms suggérés par différents médias ne suivent plus aucun canon, hormis peut-être l'origine sociale, raciale et sexuelle de l'auteur. L'origine nationale, longtemps déterminante, n'a plus aucun sens aux yeux des observateurs. D'ailleurs, Le Clézio n'est-il pas plus mauricien ou britannique que français? Quant à V. S. Naipaul, il se considérait comme un auteur anglais et ne voulait rien entendre de Trinidad. Ou encore, les Chinois jugent que le dissident Gao Xingjian est français et les médias du pays n'ont pas annoncé son prix Nobel en 2000.

N'ayant plus aucun compte à rendre, le jury du Nobel trouve dans le choix de Bob Dylan une manière de récompenser un artiste qui n'est jamais là où on l'attend. Dans une vidéo récente, il faut voir Horace Engdahl recevoir le chanteur de *Blowin' in the Wind* à la manière d'un demi-dieu. Les jurés Nobel d'une certaine génération, désabusés par le *tsundoku*, se font maintenant plaisir comme des groupies. Je laisse parler Horace Engdahl : «Bob Dylan n'est pas intéressé par Bob Dylan. Dans son attitude, ce n'est pas lui. Il peut prendre n'importe quelle forme, n'importe quelle identité. Il est une sorte de ventriloque. La voix le traverse, mais elle vient d'ailleurs. Il aime ces transformations dans lesquelles il devient n'importe qui. [...] On [les membres de l'Académie] l'a rencontré, cet après-midi. C'était très excitant. C'est la personne la plus timide que j'aie jamais croisée. Il a à peine parlé. Il était habillé d'une manière très bizarre, que l'on m'a expliquée plus tard comme étant “musicien-mixé”. Il avait une capuche sur une casquette, une veste de cuir, une chose nouée autour du cou. Ses chaussures étaient noires et très, très brillantes. C’était une combinaison de vêtements absolument incroyables ! Tous les académiciens étaient là. On avait la médaille pour lui, le champagne. Il n’est pas entré, il a *soudainement* émergé. Comme s’il sortait du sol. Je ne sais pas comment il a fait, mais soudain il était là. Sans bouger la tête, juste ses yeux [Engdahl fait bouger ses yeux de droite à gauche]. C’était tellement impressionnant. Et puis on a essayé de lui parler, mais il hésitait. Soudain, j’ai eu l’image d’un vieux chef indien qui négocie, méfiant, avec les visages pâles. On était les visages pâles. Il savait qu’il ne devait pas être là. Il a dû passer des heures à réfléchir à la manière de se présenter à nous. [...] On lui a expliqué la signification de la médaille qu’il recevait, je lui ai traduit le diplôme. » Cette description solaire répond certainement au discours de réception du prix très scolaire (et un peu enfantin) de Dylan, lequel évoque quatre chefs-d’œuvre qu’il a lus dans son adolescence et dont il fait une explication de texte si naïve qu’on a l’impression qu’il se fout un peu de la gueule du monde, petit jeu qu’il adore et qui est souvent perçu comme une preuve de son ironie géniale.

Cette scène a également marqué Katta, car elle t’achètera un sweat à capuche « exactement comme celui du chanteur folk », écrit-elle. Comme Dylan, tu dois te cacher dans un *hoodie* pour cause de célébrité.

Katarina Frostenson : «Je n'oublierai jamais le regard de Dylan. Sombre et inexorable. Des yeux ashkénazes. La gravité. Le chagrin qui vient de loin.

Un verre de champagne ? Pas besoin, dit le chanteur.

Je portais ma robe de velours vert et je peux seulement dire que c'était un moment, je veux dire un moment inoubliable, de voir ce regard ; cet homme a fait une impression immédiate. Peut-il être séparé des paroles de ses chansons ?»

Ne sois pas jaloux de Bob, Jean-Claude. Je me demande si ce texte, écrit par ta femme après ta déchéance, n'est pas une manière de montrer que pendant tes tromperies elle allait voir ailleurs, spirituellement bien sûr, dans sa communion de grande poétesse avec les monstres sacrés, dont on t'attribuera, et à toi seul, la gloire de les avoir fait élire. En t'accusant de toutes les corruptions, on vise également à préserver Katarina parce qu'elle est une femme et qu'elle est forcément sous ton emprise diabolique. Mais l'amour de Katta pour l'œuvre de Dylan pourrait constituer une menace pour toi qui n'as pas écrit une ligne, sans parler de chanter ou de jouer de la guitare.

La mise en scène de la littérature fait désormais partie de la littérature. La connaissance du support est essentielle à l'artiste. Il y avait les mots, les phrases, le livre, la typographie, désormais il y a l'image de l'auteur. Michel Houellebecq maîtrise très bien cet aspect de la communication. Ta force est de l'avoir compris depuis longtemps. Tu étais semblable à ceux qui s'approprient une marque en enregistrant le *copyright* en douce. Avec l'aide de Katta, tu t'es approprié la marque Nobel, et moi, parmi d'autres, je suis tombé dans le panneau.

23.

Moa

Depuis quand le Nobel de littérature est-il devenu autre chose qu'une petite bénédiction annuelle d'intellectuels suédois imperturbables et incorruptibles ? Depuis 1972. Le 10 octobre 2022, nous pourrons enfin ouvrir les archives d'un demi-siècle pour comprendre ce que j'appelle l'injustice Moa…

La romancière Moa Martinson naît en 1890 dans une province éloignée de Stockholm, dans un village où elle trouve des emplois de blanchisseuse ou d'ouvrière. Elle épouse un gars du coin alcoolique, qui rapidement devient de plus en plus fou et violent ; elle en a peur. Et, ce qui n'arrange rien, elle vit au milieu d'une forêt dense, sans moyens de communication. Impossible de le quitter. Ils ont trois enfants, et Moa ne sait comment se sortir de ce cauchemar. Elle n'a personne à qui parler, et la misère est trop grande pour trouver l'énergie de lire le Nouveau Testament le soir à la bougie. Dans la journée, la jeune mère pose des pièges pour fournir sa famille en protéines de petits mammifères, et cultive quelques plants de légumes pendant que son mari boit pour oublier leurs conditions de vie.

Elle commence à écrire un récit autobiographique, grâce à une volonté surhumaine. Alors qu'elle est entièrement absorbée par son double littéraire, en pleine séance d'écriture, deux de ses trois enfants se noient dans le lac gelé voisin.

Quelques années plus tard, le mari de Moa se donne la mort en plaçant un bâton de dynamite dans sa bouche.

Dans la deuxième moitié de sa vie, sa rencontre avec l'écrivain célébré Harry Martinson la rend plus visible et populaire.

Si vous demandez à n'importe quel écrivain le nom de son auteur préféré, il n'osera pas le dire, mais dans le fond, la seule réponse honnête serait : « C'est moi. » Harry Martinson et Eyvind Johnson, deux jurés Nobel, accordent leurs pensées à leurs actes, et en forçant la main de leurs collègues (à deux, c'est plus facile), ils se font co-élire prix Nobel de littérature en 1972. Johnson et Martinson sont, avec Moa, les fers de lance de la *proletärlitteratur* et considèrent sans doute que, à tort, ils ne font pas véritablement partie du sérail… Ils « gagnent » donc en toute immodestie face à Graham Greene, Vladimir Nabokov et Saul Bellow, considérés pour le prix cette année-là.

Évidemment, même quand on est persuadé de son talent, il y a des regards et des mots qui peuvent faire douter et blesser. De rares voix indépendantes se moquent de ces anciens révolutionnaires qui se pavanent en spencer blanc ; Johnson et Martinson sont rongés par le remords.

Ces années 1970 marquent le début de la mondialisation. Les jouets *made in* Formose arrivent dans les familles de Scandinavie, le succès d'ABBA dépasse les frontières de l'Europe et Noël est célébré dans le monde entier. Mais le Nobel, l'art d'en haut, ne s'est pas encore adapté à la mondialisation. La plupart des membres du jury ont été nommés au lendemain de la fin de la Seconde Guerre mondiale, ils n'ont pas anticipé que, désormais, les quotidiens n'ont plus le monopole de l'information. La radio et la télévision accentuent le ridicule de ce choix endogame de Johnson et Martinson. Il est d'ailleurs révélateur que Martinson refuse de prononcer un discours de réception, comprenant, un peu tard, qu'il ne peut plus contrôler sa destinée, rendue minable par la comparaison avec des nobélisables plus brillants.

Peu de temps après, Eyvind Johnson meurt d'un cancer foudroyant, et Harry Martinson se suicide par hara-kiri, comme Yukio Mishima, lui aussi récipiendaire du prix. Mais Martinson ne maîtrise pas la technique, ou peut-être lui manque-t-il l'accès à un bon sabre (la mondialisation n'est pas encore totale) : il ne trouve qu'une paire de ciseaux Fiskars qu'il se plante dans le ventre. Évidemment, la mort ne survient pas immédiatement, et ses proches ne peuvent qu'assister à l'agonie de leur champion déchu.

Si Moa pouvait le voir de l'au-delà, elle se dirait qu'elle aura été trois fois victime du Nobel : par la dynamite (invention d'Alfred Nobel) qui a emporté son premier mari, par le remords mortel de son deuxième compagnon, et certainement par le fait qu'elle n'a pas été éligible au prix en sa qualité de femme.

L'écriture de Moa Martinson – car, avant tout, elle est une femme de lettres –, est critiquée pour son âpreté, mais c'est pourtant cette absence de chichis qui en fait une auteure à redécouvrir.

Oui, je pense à elle, et encore récemment me promenant dans Paris, je suis tombé sur ces affiches sauvages collées par des féministes, sorte de dazibao à la sauce #MeToo, « Et vous, combien d'autrices avez-vous lues cette année ? » J'ai eu envie de dire, oui, moi j'en lis, et même de très bonnes, et vous ? Si on prenait la peine de publier les bons livres des femmes du passé, comme Moa Martinson ou Karin Boye, peut-être qu'on lirait un peu plus de femmes, non ?

24.

Viol

Venons-en aux faits.

« Lorsque les plaignantes sont entrées, elles étaient très nerveuses, mais déterminées. Elles n'avaient jamais rencontré les autres plaignantes auparavant. Elles ont commencé à raconter ce qui s'était passé. Il y avait des choses difficiles à dire et elles prenaient le temps de le faire. Elles étaient très tristes pendant certaines parties de l'interrogatoire. C'était un mélange de honte, de peur et de bouleversement. Les plaignantes ont pleuré quand elles décrivaient les moments difficiles. » Ceci est le témoignage de la policière qui a recueilli les plaintes, dont seule celle de A. a été recevable.

La suite est un extrait du compte rendu du témoignage de A., l'accusatrice, lors de ton procès à Stockholm (cas n° 15565-17, section 4, 1/10/2018).

La première fois qu'ils se sont parlé, c'est lors d'un vernissage. En fin de vernissage, A. et Jean-Claude Arnault se rendent dans un bar.

A. vient de divorcer, elle se sent bien et veut passer à autre chose. Elle est partante pour avoir une relation sexuelle ce soir-là. Jean-Claude Arnault commande du vin. Il mentionne qu'il connaît le directeur de thèse de A. à l'université. Il est évident qu'il y a une attraction sexuelle claire et mutuelle entre eux. Elle ne dit pas non pour une aventure d'une seule nuit. Elle s'est rendue quelques fois aux événements du Forum, et elle a entendu dire que Jean-Claude Arnault était un coureur de jupons aux nombreuses aventures. Cela lui convient parfaitement parce qu'elle n'est pas intéressée par une relation durable. A. et Jean-Claude Arnault prennent un taxi pour se rendre dans un appartement du quartier d'Östermalm. C'est un petit appartement, A. ne voit qu'une seule pièce, mais elle pense que c'est un deux-pièces. Dans la pièce principale, il y a un lit et une kitchenette. Elle se souvient d'une table et des chaises. Une salle de bains. A. et Jean-Claude Arnault entrent dans la chambre et commencent immédiatement un rapport sexuel. C'est un désir absolument réciproque. Peut-être que Jean-Claude Arnault est un peu dominant, mais pas au point qu'elle se sente mal à l'aise ou que cela lui semble étrange. Avant que Jean-Claude Arnault n'attrape le cou de A., l'acte sexuel ne contient pas « un millimètre » de violence. C'est un rapport entièrement consenti.

Il est difficile d'estimer combien de temps s'écoule, peut-être quinze minutes. Une chose étrange se produit alors que A. n'avait jamais vécu une situation semblable. Jean-Claude Arnault imite les gémissements de A. Elle est surprise et ne se sent pas à l'aise. Selon elle, c'est la raison pour laquelle elle prend l'initiative de lui faire une fellation. Tout à coup, la situation change. Jean-Claude Arnault saisit le cou de A. à deux mains et pousse son sexe si loin dans sa gorge qu'elle ne peut plus respirer. Toutes ses voies respiratoires sont complètement bouchées et des réflexes annonciateurs de vomissements se produisent. Jean-Claude Arnault tient son membre sans lâcher prise. Il est difficile de dire combien de temps cela dure, environ trente secondes, peut-être une minute.

C'est assez long, car A. panique de tout son corps. Jean-Claude Arnault ne dit rien. Elle essaye de se libérer, mais il la tient sans ménagement. Elle attrape les mains de Jean-Claude et essaye de se relever, mais ne peut se dégager de son emprise. Elle ne peut enlever les mains de Jean-Claude Arnault ni le frapper. Elle ne peut pas voir le visage de Jean-Claude Arnault et ne peut pas dire si ses yeux sont ouverts ou fermés pendant qu'il la tient. Pendant qu'il a son sexe dans sa gorge, il effectue de petits mouvements frénétiques, mais sans lui permettre de respirer. Des convulsions de vomissements saisissent brutalement son corps et elle finit par vomir dans sa propre bouche. Au moment même où elle vomit, Jean-Claude Arnault repousse sa tête et une partie du haut de son corps vers le bord du lit pour qu'elle puisse vomir sur le sol et non sur les draps. Il fait un mouvement brusque vers le sol, il y a des vêtements et un journal étalés par terre.

Après l'avoir repositionnée sur le bord du lit, il la relâche. Elle a avalé son vomi. Quelques gouttes sont tombées sur le sol. Elle se retourne pour respirer. Elle est choquée, effrayée, et la peau inondée de sueur. À ce stade, elle est sur le bord du lit et Jean-Claude Arnault au centre. Il s'allonge sur elle et entreprend une pénétration vaginale. Elle ne réagit pas. Elle est incapable de lui dire d'arrêter ou de le repousser. Elle est passive et son corps complètement figé. Jean-Claude Arnault ne dit rien pendant cette relation sexuelle vaginale. Le rapport sexuel dure peut-être cinq ou sept minutes. Il éjacule en elle.

Après avoir éjaculé, il retire son sexe. Il n'a toujours rien dit. Elle est allongée à côté de lui et après un moment, elle pense qu'il s'est endormi. Elle s'endort et se réveille plusieurs fois. Elle est très choquée, effrayée, et son front est encore recouvert de sueur. Elle se sent abandonnée et humiliée. Aucun mot n'est échangé.

La plaignante sait que la mention d'un journal sur le sol est une nouvelle information qu'elle a omise lors de l'interrogatoire de police. Elle pensait que ce n'était pas pertinent. Elle a toujours su qu'elle voyait un journal sur le sol, mais elle ne pensait pas que c'était important de le dire, même s'il lui semblait que c'était un élément étrange. La défense considère que c'est le signe d'une habitude, liée à ce « rite du vomissement ».

Elle n'était pas très ivre. Elle ne pense pas que Jean-Claude Arnault était particulièrement ivre non plus.

Il n'a eu aucun problème à se retirer d'elle. Elle ne peut pas évaluer ce qui est le pire : le sexe oral ou le sexe vaginal ? Quand il la tenait et a enfoncé son pénis dans sa gorge si soudainement et brutalement, c'était un acte incroyablement violent. Mais le sexe vaginal était extrêmement dégradant dans la mesure où elle était complètement passive. Lors de l'agression sexuelle orale, elle a au moins résisté. Elle ne quitte pas l'appartement après que Jean-Claude Arnault s'est endormi parce qu'elle a peur et est choquée. Elle ne pense à rien, c'est un état très clair.

Le lendemain matin, ils se lèvent. Ils ne prennent pas de petit déjeuner. Jean-Claude Arnault n'est pas menaçant, il est plutôt de bonne humeur. Il fait quelques tentatives, mais elle s'écarte et évite que le Français l'embrasse. Elle ne dit rien sur ce qu'il a fait et lui donne tout de même son numéro de téléphone, même si elle ne le veut pas. Elle est inquiète et effrayée parce qu'il lui a fait subir un acte d'une violence si brutale. Personne ne lui a jamais fait ça. Jean-Claude Arnault commande un taxi. Dans le taxi, elle se tait. Arnault la dépose à une station de métro et continue sa route. À partir de ce moment-là, une peur physique de cet homme s'installe dans son corps.

De retour chez elle, A. contacte Helena B. par téléphone et par SMS. Elle dit à Helena que quelque chose de grave s'est passé, mais ne se souvient pas exactement de ce qu'elle a dit. Elle pense qu'elle et Helena se sont vues un ou deux jours après l'incident, A. parle alors d'un incident.

Après cette nuit du 5 au 6 octobre 2011, Jean-Claude Arnault la contacte à plusieurs reprises. Elle veut éviter une situation qui le mettrait en colère et pense qu'il vaut mieux ne pas le revoir. Fin octobre 2011, elle refuse une fois de plus de revoir Jean-Claude Arnault. Il commence à la contacter par l'intermédiaire d'Helena, ce qui rend difficile de lui opposer un refus. Car Helena a besoin de Jean-Claude Arnault, il a des contacts importants dans le monde culturel. Jean-Claude Arnault suggère à Helena et A. d'assister à une soirée du Forum. A. refuse d'abord, mais pense finalement qu'il y aura du monde, et que si elle est accompagnée d'Helena, Jean-Claude Arnault comprendra qu'elle n'est pas intéressée. Stockholm est petite, et refuser à nouveau tout contact avec Jean-Claude Arnault est quasiment impossible, surtout que A. est écrivaine. Accepter d'aller au Forum ne minimise pas l'agression de Jean-Claude Arnault.

Elle assiste donc à des événements au Forum en novembre 2011. Jean-Claude Arnault fait quelques tentatives de séduction, mais elle peut facilement s'éloigner de lui dans la foule. Il ne franchit pas les limites et elle n'estime pas qu'il soit particulièrement menaçant. Fin novembre 2011, elle s'imagine qu'il est devenu très clair pour Jean-Claude Arnault qu'elle ne veut pas reprendre une relation avec lui. Jean-Claude Arnault contacte Helena fin novembre 2011 et suggère que tous les trois dînent ensemble le 2 décembre. La plaignante et son amie Helena déclinent l'invitation. Mais Helena voudrait bien dîner avec Jean-Claude Arnault pour des raisons professionnelles, car elle est auteure. Finalement, A. accepte d'aller à ce dîner. Elle pense que ce sera gérable à trois. Elle et Helena pensent que Jean-Claude Arnault comprendra qu'A. ne veut pas repasser une nuit avec lui. Elle, Helena et Jean-Claude Arnault dînent donc au restaurant Musslan, le 2 décembre 2011.

A. n'est pas enthousiaste, mais Arnault a de bons côtés et sait être généreux. Après le dîner, ils se rendent tous les trois à la brasserie Riche. A. ne se sent pas à l'aise, mais n'a pas le sentiment que Jean-Claude Arnault s'est rapproché d'elle pendant le repas et elle est persuadée qu'il a maintenant compris qu'elle n'est pas intéressée par une relation avec lui. Après s'être assise avec eux au Riche, Helena se lève et disparaît. A. ne veut pas être seule avec Jean-Claude Arnault et part à la recherche de son amie dans la brasserie. Elle l'appelle plusieurs fois sur son portable sans obtenir de réponse. On peut évidemment critiquer la légèreté avec laquelle Helena a disparu (elle a rencontré un ami), mais elle aussi pense que le danger Arnault est complètement neutralisé.

A. revient à sa place et dit à Jean-Claude Arnault qu'elle veut rentrer chez elle. Ils quittent Le Riche et Jean-Claude Arnault l'accompagne à la station de métro. La station est fermée et elle n'a pas les moyens de prendre un taxi, mais elle vit dans une banlieue au sud de la ville et ne peut rentrer à pied.

Jean-Claude Arnault lui propose de dormir chez lui. Elle lui a déjà dit clairement qu'elle ne voulait pas avoir de relation sexuelle avec lui ni de relation amoureuse. Il dit qu'il a compris. Elle a constamment senti qu'elle devait faire des compromis avec cet homme afin qu'il ne devienne pas agressif ni ne crée de problèmes. Elle pense qu'il s'est parfaitement bien comporté pendant le dîner et a eu l'impression, quand elle et Helena étaient allées au Forum, qu'il avait compris qu'elle ne voulait rien d'autre qu'une relation amicale.

Dans le taxi, elle répète qu'il n'y aura pas de relation sexuelle entre eux, et Jean-Claude Arnault dit qu'il l'accepte. À l'extérieur de l'appartement, elle redit qu'il n'y aura pas de relation sexuelle. Dans l'appartement, elle demande à emprunter un T-shirt, car elle ne veut pas dormir uniquement vêtue d'une culotte. Elle se change et elle va se coucher dans le lit.

Dans cet appartement, différent du précédent, il y a un canapé et un lit. L'avocat de A. avance que le deal étant clair dès le début, elle n'a pas à dormir ailleurs que dans le lit. L'appartement sur Storskärsgatan compte deux pièces et une cuisine. On peut entrer dans la chambre en passant soit par la cuisine, soit par le salon. Il est clair que la plaignante a vu le salon avec le canapé-lit puisqu'on doit le traverser pour aller dans la chambre et quand Arnault et la plaignante se sont rencontrés pour la deuxième fois en décembre 2011, elle s'est assise sur le canapé-lit.

A. s'endort profondément. Elle sent de manière presque inconsciente que Jean-Claude Arnault se presse contre elle. En cuiller. Elle sent une jambe qui l'enserre et quelque chose qui s'immisce dans sa culotte. Il s'agit bien du sexe de Jean-Claude Arnault qui, en poussant, enfonce légèrement la culotte d'A. à l'intérieur de son vagin. Elle est maintenant réveillée par cette intrusion en elle. Elle se lève immédiatement et fait un geste défensif pour qu'il s'éloigne. Elle pense qu'elle a dit quelque chose comme « Arrête ! ». Elle va directement dans le couloir et commence à s'habiller. Jean-Claude Arnault est sorti du lit. Il a enroulé un drap autour du bas de son corps comme un paréo. Elle pleure et elle est complètement effondrée. Il s'approche d'elle et lui demande ce qui ne va pas et si elle est en colère. Il lui dit qu'il n'a rien fait. Elle dit qu'elle s'en va.

Lors de l'interrogatoire de police, elle n'a pas indiqué qu'elle s'est réveillée peu de temps après avoir senti que Jean-Claude Arnault a écarté sa culotte et l'a pénétrée. Elle a eu la possibilité de corriger cet élément dans sa déposition ultérieure.

Dans le couloir, elle sent que Jean-Claude Arnault est menaçant, en colère et même un peu effrayé. Elle pense qu'il est conscient qu'il a franchi la limite, qu'il sait qu'il n'y aura pas de relation sexuelle et qu'il s'inquiète de ce qu'il a fait. Elle ne sait pas si Jean-Claude Arnault a éjaculé à l'occasion de sa pénétration. Elle ne le pense pas parce que le rapport a été interrompu immédiatement. Elle était ivre, mais se souvient très clairement de l'incident. Jean-Claude Arnault était à peu près aussi ivre qu'elle. Elle pense qu'il a bu plus qu'elle, mais il n'en a pas été rendu impuissant.

Ensuite, dans la semaine, par SMS et téléphone, elle a fait part de la fin de soirée à Helena. Après cet incident, Jean-Claude Arnault la recontacte et lui propose de dîner avec lui. Elle accepte. Elle se dit que cela permettra de lui dire clairement d'arrêter de la contacter. Elle ne veut pas mêler Helena à tout ça. Elle veut un face-à-face. En même temps, elle est effrayée et stressée. Elle et Jean-Claude Arnault dînent à Musslan et elle constate que Jean-Claude Arnault est très anxieux. Elle lui répète qu'elle n'est pas intéressée par une relation sexuelle ni amoureuse, et qu'il s'était engagé à respecter son choix. Elle n'emploie pas le mot « abus ». Jean-Claude Arnault insiste pour qu'ils soient amis. Il suggère qu'elle donne une conférence au Forum et elle décline la proposition.

Il lui dit qu'il se rend à Paris et l'invite à venir avec lui dans la perspective d'une amitié réaffirmée. Sans refuser, elle dit que c'est compliqué pour elle d'y aller. Elle a constaté qu'il y a une limite au nombre de fois où elle peut rejeter Jean-Claude Arnault avant qu'il ne devienne agressif et ne commence à la harceler ou à la calomnier auprès des professeurs d'université. Elle sent qu'elle doit toujours aller à sa rencontre. A. est inquiète pour Helena, car Jean-Claude l'a aussi invitée et elle a accepté. Helena et Jean-Claude Arnault l'appellent ensemble et la supplient de venir à Paris avec eux.

En janvier 2012, elle va en France et y reste deux ou trois jours. Elle loge chez Jean-Claude (ou plutôt dans l'appartement acheté par Jean-Claude pour le compte de l'Académie Nobel), mais exige de dormir dans sa propre chambre, ce qu'elle fait avec sa fille et Helena. Elle passe du temps avec Jean-Claude Arnault et dîne avec lui un soir.

À Paris, elle rencontre une jeune fille d'une vingtaine d'années nommée Alexandra. Elles ne se connaissaient pas. La dernière nuit, elle se confie à Alexandra et raconte les agressions que Jean-Claude Arnault lui a fait subir. Elle n'a pas eu de relation sexuelle avec Jean-Claude Arnault en dehors de celles visées par l'acte d'accusation. Elle ne l'a jamais contacté ni pris l'initiative de le rencontrer.

En 2011, il y a eu un rendez-vous à la police. Mais après réflexion, A. a décidé de ne pas aller au bout.

Il faut reprendre un détail de ce témoignage qui sera déterminant dans ta défense. Ton avocat contacte la direction des transports ferroviaires, malgré les huit ans qui se sont écoulés depuis la soirée, et il s'avère que le métro fonctionnait parfaitement la nuit où A. prétend que la station était fermée. A. aurait pu prendre le train. A. a un peu bu au café Riche, mais elle n'était pas ivre. Elle est assez décontenancée de ne pas s'être rendu compte que la station de métro n'était pas fermée. S'agit-il aussi, sans parler d'acte manqué – ce qui serait de très mauvais goût –, d'une forme de paresse et peut-être d'un manque de jugement? Quoi qu'il en soit, la cour d'appel, et finalement la Cour suprême, dont les délibérations sont secrètes, ont considéré que cette erreur de la part de A. (ou ce mensonge, d'après Björn Hurtig, ton avocat) n'était pas déterminante dans les événements de cette nuit-là.

Autre argument de ta défense, le retour de A. alors qu'elle a déjà été violée.

Quand on interroge Katarina Frostenson, elle est furieuse contre ce qu'elle considère être la proximité de l'avocate de la défense et le procureur. «La procureure est arrivée au tribunal à bicyclette.

L'avocat de la défense a plaisanté avec elle, soulignant qu'elle ne portait pas de casque sur la tête, sur sa coiffure raide, sur ses cheveux de Valkyrie.»

Ta femme dénonce la dureté du regard de ton accusatrice, et de son avocate qui agitait furieusement l'article de *Dagens Nyheter* de novembre 2017 avec les dix-huit plaignantes en couverture. Elle ironise sur cette femme qui demande à passer la nuit avec son «agresseur», et à s'allonger près de lui dans son lit. Puis voyage à Paris pour lui rendre visite et socialiser dans un esprit convivial.

«Bien sûr, la vie et la coexistence humaine peuvent être complexes, mais est-ce que quelqu'un a vraiment cru en cette histoire qui possède toutes les caractéristiques d'un récit inventé et d'une reconstruction après coup? Probablement, il fallait surtout y voir une volonté, un besoin d'y croire.

Car à cette époque, l'histoire venait nourrir un mouvement médiatique, menaçant toute dissidence et distillant la peur chez quiconque oserait dévier de ce discours ambiant: la femme était une victime, car les femmes étaient désormais considérées comme des victimes, et leurs histoires et leurs sentiments étaient vrais, peu importe à quel point ces sentiments étaient étranges et boiteux.

L'homme était coupable. Il serait tué dans la tempête. Les législateurs avaient besoin d'un cas représentatif et voulaient montrer l'exemple. »

Un accusé doit aussi parfois pouvoir prouver son innocence. Dans la salle d'audience suédoise, un nouvel élément a joué : la présence du journal à terre a été ajoutée, ce qui est contraire à la loi.

L'argument de Katarina n'est pas faux. Et toute personne honnête se dit qu'elle a raison, pourquoi la victime retourne-t-elle chez toi?... Cette emprise, qu'en penser? À ce moment-là, j'ai des sueurs froides. Et si je m'étais trompé? Et si tu n'étais pas aussi coupable que je l'avais cru? Et si j'avais été pris moi aussi dans le tourbillon #MeToo?

Quand on lit le témoignage de A., on peut se demander pourquoi deux mois après le premier viol, elle revoit son bourreau. Certes, elle a été poussée par son amie qui ne veut pas perdre ton aide professionnelle, mais ça n'est pas suffisant. L'amie de A., dans la confidence, se montre aussi un peu légère : elle disparaît du restaurant, en sachant qu'elle laisse A. avec une personne toxique – même si on peut mettre cette attitude sur le compte de l'alcool.

Si on s'arrête à ces éléments-là, on peut penser que ton retour en Suède pour confondre tes accusatrices est « jouable ». Ainsi que le déclare ton avocat pendant le procès, « il est du devoir d'un tribunal de formuler des hypothèses alternatives à ce qui est prétendument survenu. Ce que la demanderesse a interprété comme un abus peut également être interprété comme un comportement passionné, ce que le psychothérapeute de A. a admis. Ce qui est considéré ici comme un élément de violence est susceptible d'advenir pendant une activité sexuelle normale. Des recherches neurophysiologiques ont démontré la perte de contrôle à l'approche de l'orgasme. Il peut donc arriver que vous teniez fermement votre partenaire ou que vous poussiez votre sexe trop loin. L'essentiel est d'interrompre l'acte dès que vous prenez conscience de la réaction de votre partenaire, comme l'a fait Jean-Claude Arnault. »

Oui, en lisant ces éléments, je doute. En lisant des dizaines de pages de documents, parfois très techniques, comme les appels à rejuger le procès auprès de la Cour suprême.

Si A. n'avait pas été contactée par *Dagens Nyheter*, si elle n'avait pas témoigné dans les colonnes du journal, se serait-elle rendue à la police des années après afin de déposer une plainte ? Le phénomène #MeToo a-t-il fait pression sur les juges ?

Cet article déclencheur où A. est identifiable par la cour, a-t-il affecté la mémoire des événements ? Ta défense et Katarina ont soulevé ce problème. Mais le tribunal de district de Stockholm a déclaré qu'il n'y avait rien dans l'enquête ou dans les interrogatoires qui laissait à penser que les informations des témoins étaient rendues moins fiables à cause de ces publications.

Quand Katarina souligne que c'est parole contre parole, et que la tienne est démonétisée à l'avance, ce n'est pas exact. L'accusatrice a en effet les témoignages de sept personnes en sa faveur. Celles-ci ont été mises au courant des faits peu de temps après les viols et leurs dépositions vont toutes dans le même sens. En plus du témoignage d'Helena, le point de vue du psychanalyste me semble capital. Il a pris des notes qui sont difficilement manipulables et falsifiables. Selon lui, les problèmes psychologiques de sa patiente expliquent ce qui semble absurde à Katarina, ton emprise sur A. explique le fait qu'elle « retourne en enfer » deux mois après l'acte de violence initial.

Tu es bien conscient de manquer de soutien objectif, puisqu'il t'est difficile d'en appeler à des témoins. Hormis ton épouse modèle qui est là, toujours là. Malgré les cornes spectaculaires dont tu l'as affublée, elle insiste sur ta bonté et ta probité. Après des décennies à tes côtés, elle seule te connaît réellement et elle le sait, jamais tu ne commettrais un crime. Tu as fait appeler un témoin qui atteste du fait que A. était tout simplement ta nouvelle maîtresse attitrée. Il t'a vue avec elle au Forum et au restaurant, dans une harmonie évidente.

Les amis, l'ex-mari et le thérapeute de la demanderesse ont témoigné en s'appuyant sur le détail du récit que leur a fait A. Toi, en revanche, tu n'as rien confié ni à tes amis ni à ta femme. L'aurais-tu fait, tes propos auraient-ils constitué des preuves en ta faveur ? Le tribunal considère que ton récit n'a pas la valeur de celui de la plaignante et que le crime est qualifié. La valeur des preuves dans les crimes sexuels devrait être aussi déterminante que pour les autres crimes, mais est-ce le cas dans la pratique ?

Ton récit des événements a été retenu mais tu n'as pas apporté de précisions décisives. Certes, tu as affirmé que le plaisir de l'acte sexuel oral était partagé mais tu n'as pas senti que la plaignante tentait de se libérer ou qu'elle avait vomi ou était sur le point de vomir. Ton témoignage contredit clairement celui de la plaignante. Cependant, selon le tribunal de grande instance, ton récit ne contient aucune circonstance qui ferait douter des informations de la plaignante et des témoins à qui elle a parlé peu après les agressions.

Le tribunal de district de Stockholm a surtout estimé que tu avais été indifférent pendant l'acte et il te condamne pour indifférence, ce qui est légèrement moins accablant que s'il t'accusait d'intentions malveillantes. De son côté, ta défense brode sur la spécificité de la fellation, qui peut être considérée comme consentie « jusqu'au bout » à partir du moment où l'initiative de l'acte incombe à la demanderesse. Comment l'accusé pouvait-il savoir qu'elle se prêtait à cet acte contre sa volonté ? Or, selon la loi, tu deviens responsable de l'acte sexuel dès qu'il a été initié.

En 2004, la Cour suprême suédoise a établi un précédent sur la manière dont l'indifférence devait être interprétée. Auparavant, elle pouvait être apparentée à de la neutralité. Or, ce n'est plus le cas. Lorsque le tribunal de district reconnaît ta responsabilité, il te condamne pour indifférence, qu'on peut rapprocher de la non-assistance à personne en danger de la loi française.

Ainsi, jusqu'au bout ta fierté aura eu raison de ta contrition.

Oui, j'ai des doutes sur le sens de ta condamnation, même si, le procès se tenant à huis clos, il m'est impossible de connaître la justification de la notion d'« emprise ». La clef tient dans deux éléments, la fragilité de la plaignante et le témoignage recueilli par son psy. Celui-ci l'aurait apparemment déjà aidée à se défendre de l'emprise qu'ont les hommes de sa vie sur elle : celle de son père, celle de son ex. Puis la tienne. Dans son analyse, juste après le premier viol, le 14 octobre 2011, le thérapeute prévient qu'il faut « éviter la suite » – c'est-à-dire ne pas te revoir ? Puis, il y a ce moment à la barre où la plaignante analyse sa relation de dépendance avec différents hommes.

La limite judiciaire du viol s'arrête là. La Cour suprême suédoise reconnaît qu'elle a soulevé le problème majeur des crimes sexuels dans plusieurs arrêts : dans leur grande majorité, il n'y a pas de témoin oculaire. En conséquence, s'il n'y a pas de preuve technique, le comportement ultérieur de la plaignante est capital – lorsqu'elle signale l'incident et/ou en informe d'autres personnes – et devient une preuve à l'appui de l'affaire.

Dans les cas des accusations de viol, comme dans le cas Woody Allen, lequel a été acquitté à trois reprises, on avance souvent les preuves judiciaires, mais le droit doit prendre aussi en compte la psychologie, le bon sens et l'intime conviction. Ainsi, oui, le doute est toujours là, mais il ne peut pas empêcher de juger un viol.

25.

Anamnèse

J'ouvre un magazine tendance, le *Milk* du mois de décembre 2020, et il y a deux pages sur l'anamnèse ou mémoire du passé refoulé. On peut voir de nombreuses raisons à cet intérêt populaire pour le sujet : le développement d'Internet qui permet des recherches généalogiques *low cost*, les tests ADN qui nous repositionnent du point de vue des origines, la conviction que l'histoire sympa est derrière nous vu ce qui nous attend écologiquement, notre individualisme qui nous amène à découvrir notre identité précise.

En janvier 2021, tu as posté sur Facebook la photo de la couverture du livre *Le Syndrome des faux souvenirs. Ces psys qui manipulent la mémoire* d'Elizabeth Loftus et Katherine Ketcham. Le message est évident, tu ne veux pas qu'on remonte à la source.

Mais si une psychomémoire s'inscrit dans l'individu, les nations en ont une aussi. Ce qui explique que des pays culturellement proches, comme la Suède, la Norvège et le Danemark, aient, malgré la multiplication des voies de communication, préservé leurs particularités, l'homogénéité de leur population et de leur religion.

Pascale Casanova a écrit que le Nobel de littérature est un prix français donné par des Suédois. Car la Suède est, en fait, un pays modelé sur la France, sur l'architecture de sa capitale, sur son Académie. Sans oublier que les deux dernières dynasties suédoises sont liées à la France.

Tout d'abord le roi Gustave III, plus français que les Français, selon les témoignages de l'époque. Il parlait parfaitement la langue de Voltaire, avec Voltaire lui-même. Mais le monarque avait une tendance à l'autoritarisme, ce qui créa sa perte, et celle de son fils. Ils furent bannis du pays.

Dans le passé, Ulrika, mère de Gustave III et fervente francophile, avait chassé la troupe de théâtre de langue suédoise qui jouait au Bollhuset pour la remplacer par celle de la Française Jeanne Dulondel. Toujours inspirée par le rayonnement du Grand Siècle français, c'est encore Ulrika qui encouragea son fils sur la voie de la monarchie absolue – il est vrai que la Révolution était imminente en France, effrayant les têtes couronnées d'Europe.

À cause de cette dérive dangereuse pour les libertés, des représentants des grandes familles se réunirent pour sceller le destin du roi. Jacob Johan Anckarström fut désigné pour porter le coup fatal pendant une nuit de bal masqué. Ce dernier était le plus radical des opposants au roi, et c'est presque avec effroi que les comtes Ribbing et Horn constatèrent que le bras d'Anckarström ne trembla pas au moment du crime. Les trois auteurs du régicide furent condamnés à mort, bien sûr, mais la détestation du roi défunt était telle que Ribbing fut gracié, banni du pays, et il se réfugia dans l'effervescence parisienne. Il fut vite introduit dans les cercles suédois popularisés par Axel de Fersen, l'amant de Marie-Antoinette, et Erik Magnus, baron de Staël.

Au détour d'une relation illégitime, Ribbing eut un enfant. Ce dernier était bien français et, à l'âge adulte, il adopta le nom de sa grand-mère maternelle, Leuven. Adolphe de Leuven s'imposa comme le plus grand dramaturge d'opéra de sa génération. On le croyait français. Peut-être était-ce le fruit d'une forme d'amnésie traumatique, mais son fond suédois ressortit lors d'un scandale désormais oublié : il présenta sa démission de la direction de l'Opéra-Comique pour protester contre la dernière scène de *Carmen*, celle où Don José poignarde Carmen éprise d'un autre. Selon lui, on ne pouvait représenter ce qu'on appelle actuellement un féminicide.

Aujourd'hui, la presse française assassine un metteur en scène italien qui a changé la fin de *Carmen* à l'Opéra de Florence. La critique s'insurge : décidément, on ne respecte plus rien au

XXIe siècle. Pourtant, deux siècles plus tôt, Leuven s'interrogeait déjà sur le sujet. Cette comparaison entre deux anecdotes liées au dénouement de *Carmen* illustre cette mémoire sous-jacente des peuples qui différencie, selon moi, la perception de la place de la femme en France et en Suède.

Remontons à la source, à l'essence même de la Scandinavie (c'est-à-dire « l'île de la déesse Skadi »). Les divinités nordiques sont souvent féminines, et les noms des dieux interchangeables entre hommes et femmes. Ils sont fluides, pour employer le terme contemporain. Ainsi, Njödr est une femme pour Tacite, mais grammaticalement, c'cst un homme. Tout comme Skadi. Leurs enfants jumeaux sont Freyr, le garçon, et Freyja, la fille, qui renvoient, sans doute, à un androgyne premier ou à ces jumeaux nés de la Grande Déesse fondamentale.

Quiconque y vit, j'en témoigne, constate la place privilégiée des femmes dans la société scandinave. Or, ce n'est pas seulement une question de religion, de conditions climatiques (le froid favorisait l'entraide entre les genres au temps des Vikings), mais surtout une tradition du dialogue, de la table ronde, laquelle explique aussi le succès des arts collaboratifs, comme le cinéma. Dans une telle société, un petit machiste français devient extrêmement exotique et intrigant. La confiance et la candeur inhérentes à des siècles d'entente hommes-femmes t'ont permis de laisser s'épanouir ta forme de prédation en Suède.

Quand je lui ai posé des questions sur toi, le volubile serveur marseillais du *Prinsen* m'a lancé :

« Il a profité de la naïveté des Suédois. Moi, je suis depuis quatorze ans en Suède, j'ai changé mon regard sur les femmes. Pas lui.

— Mais vous parliez de Marseille ensemble ?

— Pfff. Le Jean-Claude, il ne voulait pas qu'on le dérange quand il était avec des nanas. Il était toujours avec des nanas. »

26.

Roqe

Mais je suis vivant, je suis amnistié, c'est tout. Le premier que je prends aux allusions je lui fous un procès et c'est tout.

Louis-Ferdinand Céline, lettre à Albert Paraz, 18 mai 1951

À onze heures du matin le 1er octobre 2018, le verdict du tribunal de district de Stockholm est annoncé. Le « profil culturel » est condamné pour viol. Le hall du Palais de Justice est bondé, en quelques minutes toute la presse mondiale s'empare de la nouvelle.

Tu as monté les dix-huit marches du palais de Wrangel, à peine protégé du vent d'un pull de poil de chameau marron clair, menottes et entraves bien visibles pour marquer le coup.

Deux ans de prison ferme, auxquels il faudra ajouter six mois en appel, ce qui n'est pas rien quand on a plus de soixante-dix ans. Justement en vertu de ton grand âge, on t'a retiré un an de la peine initiale, ce qui a dû secrètement te vexer, toi qui n'as jamais envisagé de prendre une carte vermeil.

J'échange avec un ami avocat français, et il me dit :

« Ton camarade, Jean-Claude, son avocat, c'était un toquard.

— Il était très fier de son choix, c'est l'avocat d'Assange.

— C'est bien ce que je dis, c'est vraiment un nul, c'est pas comme si Assange était libre, non ?

— J'avais dit à Jean-Claude de ne pas retourner en Suède, mais il était tellement sûr de son coup ! »

Mon ami ironise encore sur le fait que tu te vantes d'avoir pris l'avocat d'Assange, alors que tu vomis les sanctions suédoises prises à l'encontre du hacker australien. C'est un peu le problème des snobs : ils le sont jusqu'au bout, et le choix de Björn Hurtig a été une mauvaise décision.

Hurtig a dû se contenter de regarder la jurisprudence en la matière et il est tombé sur le cas Ghomeshi, qui date de 2016. Jian Ghomeshi est un présentateur québécois d'origine iranienne. Dans un pays à forte tradition féministe, il est perçu comme venant d'une culture machiste. On enregistre vingt accusations de viol contre lui, deux de plus que pour toi, et pourtant il est acquitté.

Quatre des supposés crimes n'étaient pas prescrits. Mais preuves insuffisantes ! C'est-à-dire parole contre parole. Comme pour toi. Ghomeshi risquait la prison à vie, mais son avocat l'a sauvé. Une transaction financière a été conclue, avec excuses à la clef de la part de Ghomeshi. La justice nord-américaine ressemble parfois aux arrangements de chefs de tribus pachtounes.

Le cas Ghomeshi ne s'arrête pas là. Alors qu'il relance sa carrière radiophonique avec une émission au titre provocateur, *Roqe* («franc» ou «candide» en farsi), l'ex-accusé veut être totalement blanchi. Il ne supporte pas de traîner le boulet de la calomnie, et il entreprend d'utiliser les armes du camp d'en face, des féministes, c'est-à-dire la presse. De manière culottée et inspirée, il propose un article à la prestigieuse *New York Review of Books*.

Le rédacteur en chef hollandais, Ian Buruma, est conscient qu'une révolution se prépare sur les campus. Les étudiants conservateurs veulent eux aussi bénéficier du droit de s'exprimer. Ce même besoin apparaît aux États-Unis, en France bien sûr, et dans le monde entier. Depuis que le *soft power* est devenu une arme aussi puissante que les armes à feu, chacun veut intervenir dans les institutions démocratiques dont les valeurs incontestées étaient celles de la gauche jusqu'au moment où la droite s'est décidée à les investir.

Buruma se dit, moi je suis hollandais, très ouvert d'esprit, et je vais faire entendre la voix des victimes collatérales du mouvement #MeToo. Ghomeshi ayant été acquitté, légalement, il a le droit de se considérer comme victime d'une injustice et de le faire savoir.

L'article « Réflexion sur un hashtag » paraît donc le 11 octobre 2018, et le scandale est immédiat. Le staff de la *NYR of Books* s'insurge contre cet article où un harceleur probable tente de laver son honneur, même si d'autres articles de ce numéro donnent la parole à des femmes victimes de prédateurs. C'était le but, tout le monde devait s'exprimer, dans un esprit « *roqe* ».

L'éditeur de la *NYR of Books* ne vire pas Buruma, mais ce dernier le dira plus tard : « Les presses universitaires, qui rendaient possible en partie l'existence de la *NYR of Books*, menaçaient de nous boycotter. Elles craignaient la réaction des campus où le sujet était explosif. Je me suis senti forcé de démissionner – c'est une capitulation devant les médias sociaux et les presses universitaires. »

Buruma explique par ailleurs : « Le viol est un crime, et nous savons ce qui arrive en cas de crime. Il y a des procès et si on est coupable et condamné, il y a des règles. Ce qui est moins clair, c'est pour ceux qui n'ont pas enfreint la loi, mais qui ont mal agi. Que devrait-on faire dans ce cas-là ? Est-ce qu'on doit leur refuser de s'exprimer jusqu'à leur mort ? »

Comme l'écrit Jay Rosen, un éminent collaborateur de la revue, sur Twitter : « Si tu publies quelque chose PARCE QUE c'est provocateur et que tu romps un silence que tu considères comme injuste, tu as vraiment intérêt à produire de la grande prose, honnête… et vraie. »

Morale de l'histoire : quand on fait un coup éditorial, il y a intérêt à ce que ça marche.

Poussons la comparaison avec ta situation. Quand tu es retourné au pays dans le but de braver la justice, ta seule option était d'être acquitté.

Si tel avait été le cas, ça aurait certainement saigné. Ce n'est pas qu'une figure de style. Aux yeux des juges, jurés, médias, Nobel, et même à ceux du roi, cette éventualité était effrayante. Non, Jean-Claude, tu ne pouvais pas disparaître tranquillement et créer une petite radio francophone que tu aurais appelée « Candide ».

Comme les uchronies sont à la mode, prêtons-nous à l'exercice. Si tu avais été acquitté, Katarina se serait accrochée à son poste de pouvoir. Ce qu'elle a tout de même fait en partie, ne le quittant qu'après d'âpres négociations.

Tu aurais pu intervenir dans les médias, épaulé par tes acolytes, les écrivains Horace Engdahl et Stig Larsson, mais le scandale aurait été pire encore. Violent peut-être. Il ne faut jamais oublier le meurtre non élucidé du Premier ministre Olof Palme, froidement tué en plein Stockholm en 1986. La Suède n'a pas de volcan comme l'Islande, mais la société repose sur un magma en fusion, la rage des néonazis, féministes, anti-féministes,

Bandidos, immigrés, pro- et anti-Greta Thunberg et autres. C'est la raison pour laquelle tu ne pouvais pas gagner ce procès, et il faut bien le dire, quelques décisions ont favorisé ta condamnation. Personne ne voulait prendre le risque de se retrouver avec un Ghomeshi incontrôlable. Ainsi, l'audience s'est tenue à huis clos, mais l'article du quotidien *Dagens Nyheter* qui t'incriminait était connu de tous les témoins qui se présenteraient à la barre, même si le tribunal de district considérait qu'il était impossible de déterminer si le reportage affectait la crédibilité ou la fiabilité des récits des témoins de manière générale. Le tribunal se poserait la question pour chaque témoin individuellement. Autre élément curieux et choquant d'après la défense, il est illégal d'ajouter des éléments d'accusation en appel, ce qui fut pourtant le cas. Arguant d'un oubli lors de sa déposition à la police, A. put faire inscrire la présence du journal étalé au sol afin de recueillir la souillure du vomi. Or, cet ajout était réellement problématique du point de vue du droit. Fut aussi pris en compte le fait que la victime dormait au moment du second viol.

Devant la cour d'appel, la défense déclara que les informations sur l'incident fournies par la plaignante devant le tribunal de district ne correspondaient pas à celles qu'elle avait précédemment données lors de l'interrogatoire de police. Mais l'appréciation de la cour d'appel fut la suivante : « Le sens du récit qu'elle a soumis au tribunal de district et ce qui a été enregistré lors de l'interrogatoire de police ne diffèrent pas, même si elle ne s'est pas exprimée exactement de la même manière. »

Par ces ajustements, la peine a été alourdie en appel, en soulignant qu'il s'agissait bien de deux viols et non d'un seul, ce qui n'est pas possible en droit français (le viol répété est considéré comme un « grand » viol unique d'une personne). De plus, tout fut verrouillé, à la Al Capone – tombé pour fraude fiscale et non pour ses crimes de sang –, on a chargé la barque et tu as été accusé, au cas où l'accusation de viol ne tiendrait pas, de magouiller pour tes gains personnels.

Et sur ce dernier point, j'ai un doute car si on fait un bilan financier, grâce à toi, le Nobel a gagné beaucoup d'argent. Tu as acheté pour le compte de l'Académie un quatre-vingt-dix mètres carrés rue du Cherche-Midi à Paris, lequel a certainement doublé de valeur depuis, et épargné de nombreuses notes d'hôtel à l'Académie suédoise lors des multiples séjours en France des jurés. Personne ne l'a écrit, préférant t'attaquer sur le coût du Forum, qui t'appartenait ainsi qu'à Katarina. Le lieu était-il maintenu à flot par le Nobel ? Il ne faut pas être mesquin. Certes, ce sponsoring a dû coûter un peu d'argent à l'Académie royale, mais quid du *soft power* ? La Suède n'est-elle pas ouverte à de nouvelles voix ? Qui a fait monter Primo Levi pour la première fois en Suède ? Et Boulez ? Oui, c'est élitiste, mais ça percole, ça capillarise dans le monde de l'art suédois. Sans le monde de la culture français, Strindberg, qui a vécu quinze ans à Paris, serait un auteur provincial ; sans Leonard Cohen (dieu vivant en Suède), pas d'Avicii ni d'ABBA ; sans *Le Joyau de la reine* de Carl Jonas Love Almqvist, pas de *Millénium*... Combien d'auteurs suédois ont vu leur vocation révélée par une soirée au Forum ?

Il est injuste de t'accabler pour des éléments accessoires à tes viols. On t'a accusé d'avoir parié des sommes importantes sur des auteurs, toi et ton entourage. Mais c'est méconnaître qui tu es vraiment. Car tu aurais pu monnayer assez cher tes informations sur le Nobel, ce que tu n'as jamais fait. Moi-même, pendant la brève période où j'ai connu Johanna Ekström, je lui ai demandé ce que papa Ekström lisait, presque pour rire, sachant que jamais elle ne cafterait, me remémorant cette émission d'*Apostrophe* de 1986 où l'austère Kjell Espmark en dit le moins possible sur le choix des Nobel. Et pourtant, en cette année 2013, Johanna, bien lunée, a lâché le nom d'Alice Munro, cette Canadienne dont je connais vaguement l'existence et sur laquelle les *bookmakers* ne parient pas un euro. C'était un beau geste de la part de Johanna que de me livrer ce secret entre deux verres, mais elle commençait à me connaître et savait que jamais je n'utiliserais cette information pour me faire du fric. Lors de mon enquête à Stockholm pour ce livre, il ne me faudra pas longtemps pour découvrir que Roberto Saviano est pressenti prochainement pour le Nobel, alors qu'on attend Erri de Luca, qui cultive trop peut-être son personnage de paysan engagé.

Malgré tes défauts révélés et jugés, tu n'es pas un spéculateur. Quand on vit comme toi, on sait qu'il faut être dans le *method acting*. Sinon on est vite repéré et écarté. Mais investi de cette toute-puissance, la nuit, quand tu es bien accompagné, ta sauvagerie reprend ses droits.

27.

Client

Dans *F*, le livre sur ta détention dans la prison de Skogome, près de Göteborg, Katarina Frostenson omet de dire qu'il s'agit d'une institution réservée aux délinquants sexuels. Il y a actuellement cent quatre-vingt-six lits, et cent quatre-vingt-dix-sept détenus. Réserver une prison aux criminels sexuels permet d'éviter les violences entre les «clients» (nom donné aux prisonniers en Suède) de droit commun et les violeurs ou pédophiles. C'est là, dans ta cellule, depuis ce que tu appelles «Skogome et Gomorrhe», que tu écris presque quotidiennement à Katarina. Évidemment, un tel contexte crée une ambiance lourde, où personne ne s'enquiert fièrement du crime des autres. Un délinquant sexuel ne peut pas brandir son forfait comme le ferait un braqueur de banques ou même un terroriste.

Skogome est une prison à taille humaine, un seul étage, des murs jaune ocre. On pourrait croire à une ferme industrielle des années 1950 si on ne voyait pas les tourbillons des barbelés en haut des grillages et les camionnettes blanches de la police garées dans le parking. L'hiver, quand les arbres sont dénudés, les rares maisons du voisinage deviennent visibles de la prison et rassurent les « clients » sur leur proximité avec le monde.

C'est là que, toi, Jean-Claude, tu es arrivé dans une fourgonnette avec d'autres détenus, menottes aux poignets et entraves au corps, ce qui affectera durablement ta santé d'homme de soixante-douze ans.

Ayant été considéré comme un fugitif par le procureur en appel, tu as écopé de deux mois à l'isolement dans une cellule de quelques mètres carrés, avec un lit et une table de chevet pour seul mobilier, et sans possibilité de communiquer avec le monde extérieur, pas même avec ton avocat, ni d'obtenir la moindre information. Une fois par jour et pendant une heure, comme les autres prisonniers à l'isolement, tu as la permission de te promener sur le toit du bâtiment, sous des grillages anti-évasion, sans croiser les autres « clients ». Toi, le mondain, tu vis difficilement le début de ta détention. On te l'a bien fait payer, ton petit séjour parisien.

Quelques semaines après cette période, tu as droit à une visite conjugale de Katta, mais dans une pièce familiale. Certes, on y dispose d'un lit et de préservatifs, il y a un canapé, quatre chaises, un lavabo, mais aussi de nombreux jouets et peluches, des autocollants de lions, d'éléphants et de léopards, ce qui n'est pas très propice aux rapports intimes. Sans compter les deux gardiens assis à l'extérieur de la pièce et qui tendent l'oreille.

Après toutes ces décennies où tu as vécu dans la liberté absolue de parole, tu es vite refroidi. Pendant l'été, alors que tu entends une gardienne se plaindre de la chaleur, tu lui suggères de se dévêtir, sur un ton de camaraderie. Le silence glacial qui accueille ta mauvaise blague te fait comprendre que tu n'es plus dans une soirée du Forum.

Romantiques, Katta et toi continuez à vous écrire quotidiennement puisque vous ne pouvez pas vous appeler. Vous ne manquez pas de teinter vos lettres d'une note positive qui ne trouverait pas sa place au téléphone. Vous lisez les mêmes livres afin de les commenter et de communiquer sur autre chose que vos malheurs.

Libre de ses mouvements, Katarina voyage beaucoup, et elle se rend à Paris, sur les traces de votre bonheur passé.

Arrive un moment où tu ne peux plus lire, car le stress a augmenté la pression interne de tes yeux. Tu subis deux fois une chirurgie d'urgence, car il y a un risque de cécité. Mais comme les prisonniers ont le droit de cuisiner, tu t'en donnes à cœur joie, préparant ton fameux « poulet à la Skogome », malheureusement sans ail, lequel n'est pas en vente à l'épicerie de la prison. Peut-être est-il classé au registre des produits maléfiques comme au Moyen Âge.

Au bout de dix-huit mois, tu obtiens ce qu'on appelle la liberté de mouvement étendue, une forme d'assignation à résidence. Nous sommes dans un pays protestant, il ne faut surtout pas te donner la possibilité de t'affaler sur ton canapé. Tu dois avoir un bureau où te rendre chaque jour, aménagé d'une simple table et d'une chaise pour écrire. Nul n'a le droit de t'y rendre visite. Chez toi, l'alcool est interdit. Ton bracelet électronique indique où tu es, et en ces temps de Covid, se mettre au balcon est toléré. Tu dois rester joignable tout le temps, mais la compagnie de téléphone Telia a commis une erreur et a changé ton numéro, ce qui a provoqué chez toi un état d'anxiété incroyable. Car il n'y a aucune excuse pour les délinquants sexuels injoignables.

Curieusement, le mot que tu prononces le plus, et qui fascine Katarina, c'est le mot « fantastique ». Et elle-même s'adonne à cette méthode Coué quand elle écrit : « J'essaye à nouveau le mot "fantastique", c'est irréel, étrange, magnifique, charmant. Tu es devenu poète sans le savoir. Mais ce mot est bien sûr une bouée de sauvetage, cela en est presque comique. »

Tu ne portes plus que de la laine, deux pulls en poil de chameau, un cachemire et une chemise en laine d'agneau. Dans l'adversité, tu as laissé tomber les peaux de vachette et retrouvé la douceur, enfin.

Dans son livre *K*, on assiste à la vie quotidienne de Katarina qui hurle contre les salauds qui t'ont enfermé, toi, le mari innocent. Il y a les médias, la justice et les antisémites. Je suis un peu gêné de lire sous sa plume que la Suède est quasiment une dictature, alors que selon Katarina, la France des Lumières n'aurait jamais laissé faire ça. Dans ce long cri de protestation contre ta condamnation (je le rappelle, il s'agit d'un viol), on glane quelques éléments concrets sur votre relation. Ta femme trouve humiliant que tu sois habillé de gris, puisqu'ici le noir, ta couleur, est interdit.

Katarina est énervée quand tu manges trop de bonbons. À travers cette critique anecdotique, je sens pourtant une dynamique de votre couple où le dominé n'est pas toujours celui qu'on imaginait.

«Je n'ai pas pu m'empêcher de te mettre en garde à nouveau contre le sucre que tu as tenté de manger en prison pour calmer ton corps, tes nerfs. Snickers et Twix, les biscuits Eldorado.

Tu le sais.

— Ne m'accuse pas de manger autant de sucreries, c'est la seule chose qui calme la nuit, dis-tu. Le sucre est connu pour avoir cette propriété. La graisse est aussi bonne, le pain dur avec une épaisse couche de beurre salé est ce qui me donne la paix la nuit, et les bananes sucrées, le poids me fait m'endormir.

Gras, sucre, sucre, gras, sucré, gras, dégoulinant, visqueux, plus, encore plus !

Ne m'accuse pas !

Plus tard au téléphone : tu manges pendant que nous parlons. Tu snackes. Tu mâches. Je m'énerve.

Que mâches-tu, je demande. Des bonbons, dis-tu. Twix, Snickers, Raider. Ce qui peut être acheté dans le kiosque de l'institution. Je rigole. Ris donc, répètes-tu, tu ne sais pas ce que c'est que d'être assis ici, piégé et gardé et dans une grande solitude, et comment le sucre apaise l'anxiété. Et suscite le désir de sucre. Plus de sucre, sucre, sucre, sucre.

Je ne sais rien.

Je pense à ces noms et j'ai même envie de sucreries : Snickers… avec du chocolat au lait, du caramel doux et des morceaux de cacahuètes. Raider avec du biscuit à l'intérieur : douceur et craquement entre les dents. »

Or, par solidarité, mimétisme et tout simplement amour, Katta finit par avaler des sucreries.

« J'étais là à te faire la morale et maintenant j'ai mangé tous les Snickers, horribles et bons, tellement bons. Je suis une "co-addict" ! »

C'est dans ce genre de scène que je décèle l'amour inconditionnel de Katarina pour toi. Tu es condamné pour viol et elle se soucie de ta ligne. C'est ça, l'amour.

Mais elle a raison, Jean-Claude, tu manges trop de glaces aussi. Si tu continues, tu vas te loukoumiser, te papifier. Tu auras bel et bien soixante-douze ans quand tu sortiras de prison, il faudra que tu portes beau pour reconquérir une place, parce que le reste, tes contacts du Nobel, c'est un peu cuit…

28.

Panda

Dans la région la plus sombre du champ politique, le condamné dessine la figure symétrique et inversée du roi.

Michel Foucault, *Surveiller et punir*

Au lendemain de la Révolution française, le très francophile roi Gustave III essaye d'imposer une monarchie absolue, ce qui conduit à une révolte de l'aristocratie et à son assassinat. Depuis lors, la nouvelle dynastie fait profil bas, d'autant plus que les premiers rois qui succéderont à Gustave III, les Bernadotte père et fils, sont des Béarnais proches de Napoléon qui parlent à peine la langue du pays sur lequel ils règnent.

Le roi de Suède actuel a toutes les raisons d'effacer le souvenir de ses ancêtres, et même de ses parents et ceux de sa femme, puisqu'ils étaient liés aux nazis. Il veut aussi faire oublier le chantage d'un amant homosexuel de son grand-père et la mort de son père dans des circonstances suspectes lors du crash d'un avion en 1946.

Le roi de Suède a de nombreux points communs avec toi. Vous êtes nés à quelques mois d'écart, vous avez été tous deux des orphelins très jeunes (toi de manière symbolique), vous êtes dyslexiques et, surtout, vous aimez les femmes avec frénésie. Ainsi, même si vous n'étiez pas destinés à être amis, vous vous êtes trouvés, comme les deux héros de la série télévisée *Amicalement vôtre*, dans laquelle un aristocrate anglais et un Américain un peu lourdaud s'entendent à merveille et parfois ont la même fille en ligne de mire. Le parallèle avec cette paire de joyeux lurons de fiction est bien plus réel qu'on ne veut bien le dire à la cour.

Avant le scandale, toi et moi avons évoqué le roi en toute légèreté. J'avais une idée de sa réputation, rendue publique par une biographie sulfureuse publiée en 2010. Je t'ai demandé si tu fréquentais Carl XVI Gustaf, sachant que, ayant été décoré de l'Étoile polaire, avalisée et décernée par le roi, tu l'avais forcément croisé. Mais j'ai été surpris d'apprendre que tu le connaissais si bien. En fait, vous avez même partagé une maîtresse. Une Italienne dont j'ai oublié le prénom. Tu ne le disais pas sur le ton de quelqu'un qui se vante ou se prévaut d'un avantage, puisque c'était avant l'affaire. À cette époque, tu te croyais à tu et à toi avec le roi, et si l'on tient compte de vos goûts communs, il était naturel que cette belle Italienne vous rencontrât tous les deux, vos cercles d'amis se mêlant, forcément. C'est drôle, je me souviens de l'image que je m'en étais faite quand tu m'en parlais, une femme brune bien sûr, un peu forte, maternelle. J'ai encore compris qu'une vraie complicité vous liait, Carl XVI Gustaf et toi, quand, au pire moment de ta mise en accusation, lors de l'attribution du prix Nobel à Kazuo Ishiguro, tu as reçu un message du chambellan te conviant au dîner du roi. «Oui, Basile, le banquet du Nobel est une grande fête médiatique, mais l'endroit où ça se passe vraiment, c'est le dîner du roi.

— Vous êtes nombreux?

— Une quarantaine…»

Le banquet, de loin, est perçu comme une assemblée des gens de grande valeur intellectuelle, mais tu me dis que c'est aussi une affaire de gros sous. Que nombre de mécènes américains ont tenté naïvement d'y assister, malgré l'interdiction de se rendre aux toilettes, à moins d'urgence absolue, pendant trois heures afin de préserver la télégénie de l'événement.

Le dîner du roi, à l'inverse, c'est la famille. Tu es embêté. Que répondre à Carl XVI Gustaf? Son manque de lucidité est spectaculaire. Son amitié lui fait-elle tout oublier des accusations qui pèsent sur toi? Se sent-il toujours au-dessus de la loi? Veut-il encore transgresser sa fonction, comme le titre de sa biographie scandaleuse, *Le Monarque réticent*, le laisse entendre? Une anecdote y souligne cette ambivalence. Dans son enfance, avec sa sœur, il s'inventait un double, socialement son opposé. Racialement aussi. Son nom était « le nègre ». Il a peut-être retrouvé en toi cet « autre » absolu, son *rosebud* spirituel, alors que, toi, tu aurais bien aimé être roi.

Une romancière anglaise, Hilary Mantel, a écrit un petit article fort remarqué outre-Manche, établissant un parallèle entre la princesse Kate d'Angleterre et un panda. Dans « Royal Bodies », elle écrit : « Voulons-nous d'une monarchie ou non ? Notre famille royale n'a pas de problèmes pour donner naissance à des pandas, mais les pandas et les membres de la royauté sont chers à conserver et ne sont pas adaptés au monde moderne. Ne sont-ils pas intéressants tout de même ? Ne sont-ils pas jolis à regarder ? On peut les trouver touchants ; d'autres ont pitié de leur situation si fragile, tout le monde les observe, et quels que soient les lieux où ils habitent, c'est tout de même dans une cage. »

Récemment, une étude très sérieuse a fait savoir que le panda adore se badigeonner d'excréments de cheval. De nombreux spécialistes se sont penchés sur cette particularité. Il ne s'agit pas d'une matière qui permet de se protéger contre le froid. Ni de se camoufler, puisque le panda vit dans des régions où il n'est pas convoité par d'autres mammifères. Il ne s'agit pas non plus d'un goût inscrit dans une longue complicité entre pandas et chevaux, puisqu'ils ne partagent que rarement le même terrain de jeu. Nul n'explique cette bizarrerie. Et comme le dit un scientifique, il était compliqué de tester ce procédé sur nous-mêmes. Ma théorie est plus simple : le panda, bichonné, adulé pour son beau pelage immaculé, veut ressentir la frayeur d'être « normal », un peu comme le bon roi Carl XVI Gustaf qui fréquentait les boîtes de nuit avec des mafieux serbes et applaudissait des filles nues sortant de gâteaux d'anniversaire géants. Et qui te claquait la bise.

Le plus curieux, bien sûr, c'est le traitement extrêmement différencié entre le roi et toi. Personne ne remet réellement en question les agissements du roi, car l'identité même du pays est en jeu. Nous en avions parlé, toi et moi. Tu m'avais sorti une tirade sur l'antisémitisme suédois, bien plus discret mais aussi plus insidieux qu'en France. Tu n'osais pas attaquer le roi, car je pense que tu savais déjà que tout crime de lèse-majesté affaiblirait ta défense. Désormais, il était trop tard pour rallier cet allié de l'ombre.

29.

Lamu

La question est : comment tout faire pour que le viol comme celui que j'ai fait n'ait plus jamais lieu ? Les musées, livres et films regorgent de violences sexuelles qui ne sont pas catégorisées comme telles. D'autre part règne dans notre société une invisibilisation des phénomènes de violence. L'humour et les réactions qu'il implique masquent parfois des normalisations de crimes.

Témoignage anonyme, *Libération*, 7 mars 2021

Dans l'histoire, violence et sexe sont souvent mêlés. Je me souviens d'un séjour à Lamu, au Kenya, un peu après les attentats du 11 septembre 2001. L'ambiance n'était pas à la fête, d'autant plus qu'un des terroristes venait de cet endroit paradisiaque.

Lamu est une petite île semblable à Zanzibar, de la même culture arabo-omanaise. Dans le bar de l'hôtel Peponi, seul endroit autorisé à servir de l'alcool, je sympathise avec un Écossais, ancienne doublure de James Bond. En les désignant, il se moque de tous les espions américains en civil qui prétendent être des vacanciers, trahis par leur nuque rasée de manière trop géométrique et leurs corps bodybuildés, à l'étroit dans des chemisettes trop blanches et trop bien repassées. Lui est discret, mais observe tout de même, pour la couronne britannique peut-être. Question caricaturale : je lui demande ce qu'il aime en Afrique. Il me dit que c'est sexy. Je m'attends à un discours à l'ancienne, les femmes africaines souples comme des lianes, mais pas du tout. Il me dit que le danger décuple souvent la libido, le sentiment qu'on a peu de temps à vivre, car ici on tue pour un rien, les hélicoptères se crashent et les hôpitaux ne vous sauveront pas nécessairement. Les endroits trop aseptisés n'ont jamais cette dimension sexuelle, mais « l'Afrique fait bander », lâche-t-il après un ou deux cocktails.

J'approuve sa théorie séduisante, les New-Yorkais ont ressenti l'ambiance érotique le mois qui a suivi le 11-Septembre, c'est un phénomène curieux qui a été remarqué par les thérapeutes.

Avec mon ami d'enfance et compagnon de voyage Antoine, nous nous rendons sur la longue plage de sable de Shela. Un jour, je vois au loin une femme qui semble portée par un garçon, je m'inquiète et vais à leur rencontre. Et là je suis extrêmement surpris, cette femme d'environ soixante ans s'appuie contre le jeune homme parce qu'il s'agit d'un couple, peut-être un couple de circonstance, mais la complicité charnelle est visible dans leur enlacement. Nous parlons tranquillement elle et moi, elle n'est pas très loquace, mais sa souffrance est palpable. Elle n'a pas trop envie de traîner et coupe court à notre conversation. Je découvrirai à sa mort, dix ans plus tard, qu'il s'agissait de Marie Dedieu, actrice de seconds rôles dans des films de Godard et de Truffaut, féministe de la première heure et tétraplégique.

Le lendemain, Antoine et moi recroisons le gars, seul, cette fois. Antoine, sans complexe, lui demande pour quelle raison il est avec cette femme. Réponse : pour l'argent. La femme française passe six mois par an ici, elle a une maison sur la plage de Manda, en face de Shela, et couche avec des garçons du pays, car une femme célibataire handicapée de soixante ans n'a aucune possibilité d'avoir des rapports sexuels en France. Ce détail n'est pas évoqué dans sa rubrique nécrologique que je lirai après sa mort, mais c'est une évidence pour tous ici. En France, une femme dans sa situation est vouée au célibat forcé, ce que Marie Dedieu refuse. Elle s'offre donc des tranches de plaisir avec de jeunes locaux. Personne n'est dupe, personne ne juge.

Dix ans après notre rencontre, cette femme sera prise en otage pendant deux semaines, et finalement tuée par ses ravisseurs qui négocieront une prime pour rendre sa dépouille.

Toujours cette violence.

Sur cette même plage, une belle femme accompagnée d'un ami nous aborde. Il y a un dîner au Fort ce soir, est-ce que nous voudrions venir ? Le docteur Rocca, le savant fou propriétaire du Fort construit sur la plage, nous convie.

« Mais on ne le connaît pas ?

— Ce n'est pas grave. Il ne sort jamais, il déteste le soleil, mais ses hôtes sont chargés d'inviter des personnes qui leur semblent sympathiques. »

Antoine et moi sommes flattés bien sûr, même si la rumeur sur Rocca est un peu angoissante. Cet aristocrate italien essayerait de trouver la potion de l'immortalité et se servirait de lui-même comme cobaye (il mourra quelques années plus tard, sans avoir atteint soixante-dix ans).

Cette fille que je vois à contre-jour me plaît. Natasha Illum Berg enseigne la chasse au gros gibier en Tanzanie (elle me jure que c'est de la régulation nécessaire, et je choisis de la croire) et elle a écrit un livre qui commence par « Qui ne s'est jamais réveillé en Afrique ne connaît pas la lumière ». Son petit ami finira égorgé devant elle, de la violence encore, et ce drame fera l'objet d'un témoignage touchant (*Un thé sur le divan bleu*). Natasha est danoise, et comme Karen Blixen, elle s'habille à la saharienne, cultivant cette sororité d'écrivaines nordiques réfugiées dans le Sud.

Le Fort est une bâtisse énorme d'une vingtaine de mètres de haut. Sans compromis avec la modernité, il épouse le style omanais du XIe siècle, les quelques ouvertures sur la mer sont des meurtrières étroites. Je suis enthousiasmé par cette absence de concession à la *bella vista*. Le bâtiment ressemble à un mastaba abandonné depuis des siècles sur le sable. Je suis surpris d'apprendre qu'il vient d'être achevé il y a quelques mois.

Les guerriers massaïs écartent leurs lances pour nous laisser entrer dans une salle si grande qu'on y entend l'écho de nos voix. Je me sens adopté dans une congrégation d'initiés. Natasha me parle de son projet d'écriture sur des orphelins qui ne peuvent dire que trois mots en swahili, *mama*, *baba*, *amekufa*, « maman, papa, morts ».

Je suis de plus en plus attiré par cette fille, mais je sens qu'elle ne s'intéresse pas du tout à moi, ce que j'accepte.

Dans le lit à baldaquin de marchand d'épices de ma *guesthouse*, je dors bien ce soir-là. Le bruit de la mer au loin, quelques palabres de vendeurs à la sauvette et l'appel du muezzin de la mosquée ponctuent mon sommeil. Au cœur de la nuit, alors que je rêve de la belle Danoise, quelqu'un me saute dessus violemment ; je me débats, je pense que mon heure est venue, je suis vite détrompé et extrêmement surpris, ce n'est pas moi que l'on vise, mais une seule partie de mon corps : mon sexe. Je ne comprends toujours pas ce qui m'arrive, par réflexe je repousse violemment la personne, et je constate qu'il ne s'agit ni d'un shebab islamiste ni de la chasseresse, mais de l'ami de Natasha, celui qui l'accompagnait sur la plage. Il est ivre mort. Il a dû graisser la patte du gardien de ma *guesthouse* pour entrer dans ma chambre. Il est surpris par ma réaction de rejet, arguant qu'il était sûr qu'Antoine et moi étions gays. Je n'ai pas la présence d'esprit de lui dire : « Et alors, ça t'aurait donné le droit de me violer ? »

Alerté par le bruit, Antoine déboule dans ma chambre, mais le gars s'est déjà enfui. Loin d'en rire, je comprends que cette agression aurait pu mal tourner. S'il avait eu un couteau, qu'aurais-je pu faire ? Voilà ce qui se passe, voilà comment une soirée agréable peut tourner au drame.

Le lendemain, le gars a quitté l'île. Je retrouve Natasha. Je lui raconte l'histoire, j'en ris un peu pour cacher mon agacement. Plus qu'un agacement d'ailleurs, j'éprouve un sentiment qu'il m'est difficile de décrire, mais que je comprends immédiatement quand je lis les témoignages des femmes abusées, dans l'incapacité de prouver une agression évidente. Natasha pense que je devrais trouver cette incursion dans ma chambre presque exotique et que vu le gabarit de son ami, il n'y avait aucun doute sur l'issue du combat. Elle est habituée à jauger ces choses-là, je suis un éléphant et lui un lionceau perdu. Elle essaye d'excuser son ami, car après tout il était persuadé de mon homosexualité. Toute l'île d'ailleurs. Au moins ce fut la garantie de notre célibat, à Antoine et moi, et l'occasion de lire quelques livres supplémentaires.

« Mais d'ailleurs pourquoi avez-vous cru qu'on était homos ?

— Parce qu'Antoine et toi, vous portiez le même maillot de bain rouge. Ça faisait couple.

— Je ne vois pas le rapport ? On ne s'est pas consultés à Paris pour faire nos bagages.

— Maintenant que tu le dis, tu as raison, je trouve ça idiot. Mais comme mon ami en était sûr, il a vite fait courir ce bruit. Et comme tu lui plaisais, on vous a cherchés sur la plage pour vous convier chez le docteur Rocca. » Je ris un peu jaune. Voilà, mon maillot de bain rouge, c'est un peu la minijupe d'une femme.

Maintenant, pourquoi n'ai-je pas le sentiment qu'il existerait un strict parallèle entre mon expérience de Lamu et celle d'une femme agressée sexuellement ? Quand je lis le témoignage de l'homme qui s'est senti attaqué par Kevin Spacey à l'âge de quatorze ans, je me remémore les nombreuses fois où j'ai été visé par ce genre de propositions peu légères. Pas de quoi fouetter un chat. J'ai juste dit non. À quoi tient la différence entre le sort d'un homme et celui d'une femme ? À la vulnérabilité physique ? Au fait que deux hommes connaissent inconsciemment la psychologie de l'autre et peuvent balayer ces tentatives d'un revers de la main ? Si le terrain est fragile, agit-on de la même manière ? Ou alors, tout simplement, je me leurre, et quand j'introduis une différence de réaction, c'est en soi une marque de mon paternalisme ?

30.

Judas

Un écrivain doit être prêt à trahir tout le monde pour trouver sa voix.

Horace Engdahl

L'hiver dernier, tu as pris contact avec moi par les réseaux sociaux. Pas grand-chose, juste un *like* sur un article que j'avais posté pour me faire mousser. Je sentais que tu voulais reprendre le fil de notre amitié, comme avant, et j'ai été surpris, presque vexé que tu aies pensé que tout pouvait être oublié. Sans explication. Je sais, tu as payé ta dette à la société, tu es en droit de revenir en force. Mais sans moi.

Instagram te permet d'apparaître discrètement sous le pseudo @lionperdu qui tente de faire pardonner tes excès. Tout le monde met des jolies choses sur les réseaux sociaux, pour être aimé dans la douceur des couchers de soleil ou des chats qui jouent avec des pelotes de laine. Toi aussi, tu comptes être une petite peluche comme celles qu'on peut créer sur Snapchat. Simplement, il ne faut pas que ce petit lion perdu, comme son copain le gentil panda, cache de redoutables prédateurs sous son pelage soyeux.

Plus récemment, tu m'as envoyé un SMS. Visite probable à Paris. Je ne te verrai pas. Pas besoin. Il ne faut pas ajouter des mots à ce qui a été fait. Mon travail s'arrête sur le passé. La stigmatisation est déjà suffisante puisque, désormais, tu ne peux plus éviter d'être associé à tes crimes. Toi qui as existé par ta proximité avec la littérature, tu es aussi mis à l'honneur par le texte. À commencer par les écrits de ta femme qui jusqu'à maintenant était une poétesse ultra-confidentielle.

Dans *F*, Katarina semble comprendre que votre couple deviendra désormais le thème obligé de son œuvre. Elle qui écrivait sur la nature et l'observation des « nuances de l'être », elle est projetée dans le grand bain, dégoûtant, opaque, violent, qu'elle abhorrait.

« L'idée de m'enfoncer dans la boue vient, de pourrir dans la Seine, de me détacher de ma chair, de devenir des nœuds, rincée, de me coincer sous les rochers du fond. »

Elle ne dit pas autre chose quand elle écrit en majuscules, ce qui ne lui ressemble pas, elle qui ne « hurle » jamais : « JE VEUX DIVORCER de toi, mon livre. Je veux partir. Et tu devrais être autorisé à partir sans moi, libre de parler dans ta langue. »

Mais voilà, malgré le petit bureau aménagé de manière perverse par les autorités pénitentiaires pour que tu écrives tes Mémoires, malgré ta vie monacale d'écrivain, sans wifi, sans visite, rêve de tout auteur, tu n'as encore rien écrit.

Le poids de cette histoire repose donc sur les épaules de Katarina, une fois de plus.

Katta cite plusieurs fois la théorie de l'écrivain israélien Amos Oz sur Judas.

Judas serait un émissaire des grands prêtres de Jérusalem. Il infiltre Jésus et ses disciples. Mais au lieu de trahir, il se métamorphose, comme Saül se métamorphosa en Paul. Judas croit dur comme fer à la divinité de son maître, ce qui le pousse à le trahir, car à ses yeux, sa trahison apportera enfin la preuve irréfutable de sa divinité – et par là le salut des Juifs et le salut du monde. Ce qui explique qu'il ait poussé Jésus à rentrer à Jérusalem.

Katta te défendra toujours, même si elle se cache derrière le rideau et que tu imposes une fellation violente à une maîtresse.

Dans le silence que tu as gardé pendant ton séjour parisien, ce sont les autres qui ont dû te révéler, te pousser dans tes retranchements, comme Jésus « donné » à Jérusalem. De là à faire de toi un martyr, les opinions sur ce point peuvent diverger.

J'ai rencontré des acteurs de cette histoire, la plupart ne voulaient pas être nommés, ce que je respecte. Stockholm est un village. Horace Engdahl a sauvé sa tête à l'Académie et il est toujours craint.

Maja Lundgren, l'auteure de *Moustiques et tigres* qui n'a jamais craint de se griller dans le monde de la culture à la sortie de son livre, scandaleux à l'époque, m'a non seulement envoyé balader, mais elle m'a reproché de m'attaquer aux institutions suédoises qu'elle méprise pourtant.

Elle vous déteste toi et ta clique, mais tout comme toi quand tu te frottais à Strindberg, on me conseille de m'occuper de ce qui me regarde. On doit laver son linge sale en famille. Assez de ces Français qui déstabilisent le royaume.

Avant de rentrer à Paris, je me suis rendu au Forum, qui deviendrait l'annexe d'une école d'improvisation théâtrale. Je me suis frayé un chemin au milieu des sacs de plâtre. Je me suis dit, c'est un lieu tout de même dérisoire qui a magnifié ta personne. Une cave, quelques voix, quelques instruments, un peu de vin, on ne peut pas nier une certaine réussite si on la met en regard de la modestie volontaire de ton projet.

Les ouvriers me mettent dehors, comprenant que je ne suis pas le futur locataire. Je leur explique ce qui se passait ici. Haussement d'épaules. Pas de cadavres laissés derrière non plus.

À l'hôtel, un peu de *small talk* avec les réceptionnistes qui ont vaguement entendu parler de toi. Je dérange avec mes questions. Le prix Nobel est plus fort que tout, lui ne bougera pas. On oubliera le scandale Arnault comme on a oublié le scandale Rushdie. Peter Handke a été élu en 2019, quelques nouvelles têtes ont été nommées à l'Académie, le rire d'Horace Engdahl pourra toujours continuer à envahir le premier étage du Gyldene Freden chaque jeudi.

Jusqu'au prochain scandale.

31.

Sable

À ta sortie de prison, tu es revenu à Paris. À Stockholm, tu ne pouvais plus être anonyme. Katarina rêvait de quitter la « dictature suédoise », et vous alliez enfin passer une retraite paisible dans le pays des Lumières.

J'ai reçu quelques messages de toi, des invitations, l'air de rien, à reprendre nos petites pauses-café au soleil des bords de Seine. J'aurais dû les ignorer, mais je me trouvais moi aussi dans une forme – certes très atténuée – d'emprise. Alors que j'avais accumulé suffisamment de preuves de ta culpabilité et de griefs à ton égard, mes doigts signaient des SMS en les achevant par les mots « ami » ou « amitiés ». Suis-je donc faux-cul à ce point ? Par hasard, je me trouvais être souvent au Danemark durant ces échanges et je m'interdisais de te voir en te donnant simplement cette information. Heureusement pour moi, comme une piqûre de rappel, tu me montrais que tu n'avais finalement rien compris à ton histoire, car tu me répondais : « Toujours dans la Skandinavie talibanaise ? » Je remarquais l'utilisation du « k », lettre de l'alphabet teuton. Je pensais que tu n'acceptais pas le verdict. Contrairement à ce que l'on pense souvent, la prison est là pour punir et non pour réformer, mais un peu d'humilité de ta part m'aurait peut-être convaincu de te revoir et d'entendre ta version des faits.

Début 2022, tu m'as adressé tes vœux. Plage de Deauville ou de Trouville, on voyait un « Bonne année » tracé de manière enfantine dans le sable. Une fois de plus, consciemment ou non, tu savais ce que tu faisais. Car pendant quelques secondes, cette fragilité enfantine m'a touché au cœur. Je t'ai imaginé sur une plage de Marseille en plein mois d'août, au milieu de demi-frères et sœurs qui ne savaient pas vraiment si tu faisais partie de la famille. L'initiation aux pâtés et aux châteaux de sable. Quand la plage se vide, les vagues finissent par envahir ces fortifications patiemment montées, pédagogie parfaite qui montre que même les plus beaux édifices disparaissent si leurs fondations sont fragiles. J'ai pensé à ces choses-là quand j'ai reçu l'image, mais pour une fois j'ai choisi de te laisser à tes convictions.

Ce livre est donc ma réponse à tes messages.

Remerciements de l'éditeur

À Élisabeth Samama, pour ses conseils éditoriaux.
À Thibault de Montaigu.

La photocomposition de cet ouvrage
a été réalisée par
GRAPHIC HAINAUT
30, rue Pierre-Mathieu
59410 Anzin

MIXTE
Papier
FSC FSC® C003309

L'éditeur de cet ouvrage s'engage dans une démarche
de certification FSC® qui contribue à la préservation
des forêts pour les générations futures.

Pour en savoir plus :
www.editis.com/engagement-rse/

Ce livre existe grâce au travail de toute une équipe.

Communication : Caroline Babulle, Sandrine Perrier-Replein, Typhaine Maison, Inès Paulin, Adélaïde Yvert.

Coordination administrative : Martine Rivierre.

Studio : Pascaline Bressan, Barbara Cassouto-Lhenry, Joël Renaudat.

Fabrication : Muriel Le Ménez, Céline Ducournau, Bernadette Cristini, Sophia Paroussoglou, Isabelle Goulhot.

Commercial, relation libraires et marketing : Laetitia Beauvillain, Perrine Therond, Ombeline Ermeneux, Élise Iwasinta, Morgane Rissel, Arthur Rossi, Aurélie Scart.

Cessions de droits : Isabelle Votier, Benita Edzard, Lucile Besse, Sonia Guerreiro, Costanza Corri.

Gestion : Sophie Veisseyre, Chloé Hocquet, Isabelle Déxès, Camille Douin.

Services auteurs : Viviane Ouadenni, Jean-François Rechtman, Catherine Reimbold.

Ressources humaines : Mylène Bourreau.

Juridique : Laëtitia Doré, Anaïs Rebouh, Valérie Robe, Lucie Bergeras, Julia Crosnier.

Avec le soutien des équipes d'Interforum et d'Editis qui participent à la création, la diffusion et la distribution de ce livre.

Canoros Vehit Canentes

CET OUVRAGE
A ÉTÉ ACHEVÉ D'IMPRIMER
SUR ROTO-PAGE
PAR L'IMPRIMERIE FLOCG
À MAYENNE EN AOÛT 2022

N° d'édition : 64193/01 – N° d'impression : 100871
Imprimé en France